Liebe Lesefreunde,
kommt mit auf eine Spannende Reise
zu verschiedenen Plätzen quer durch Deutschland.
Eine Geschichte für die Erwärmung der Seele
von einem Camper erzählt,
dunkle Stunden der grauen Jahreszeit zu vergessen,
um nicht in eine Herbstdepression zu verfallen.
Einzutauchen in die Natur und dessen Ereignissen!

Guten Lesespaß

wünscht Euch

Mel Schrader

Herbsttage im Spiegelbild
Campergeschichten

Bibliografische Information der Deutschen Nationalbibliothek:
Die Deutsche Nationalbibliothek verzeichnet diese Publikation in der
Deutschen Nationalbibliografie;
detaillierte bibliografische Daten sind im Internet über
http://dnb.d-nb.de abrufbar.
© 2013 Mel Schrader
Satz, Herstellung und Verlag: BoD – Books on Demand
Umschlaggestaltung: Mel Schrader
ISBN: 978-3-7322-1391-7

Kapitel 1

Kennt ihr das?
Es ist Herbst, die Laune sinkt auf den Nullpunkt.
Urlaub in Deutschland …
Draußen regnet es, eine Brise weht durch die Wälder, die Bäume biegen sich im Wind, die Wolken ziehen in sanftem Grau bis Dunkelblau über den Horizont, es ist naßkalt und ungemütlich. Morgens hat man keine Lust aufzustehen. Schaut man aus dem Schlafzimmerfenster, ist alles grau in grau, der Nebel kriecht über die Felder, und man weiß nicht genau, wie spät oder früh es ist. Man zöge sich am liebsten die Bettdecke über die Ohren, um alles zu vergessen, um nicht aufstehen zu müssen.
Die Blätter fallen von den Bäumen, in sämtlichen Farben schimmern sie auf dem Boden. Pilze sprießen nun aus dem Erdreich, dank der guten Grundlage eines morastigen Bodens. Denn es regnet und regnet, und zwischendurch drücken sich ein paar sanfte Sonnenstrahlen durch die Büsche. Vögel bereiten sich auf den weiten Flug in das Warme vor. In Scharen sind sie am Himmel zu beobachten, wie sie ihre Kreise ziehen. Ich wünsche ihnen guten Flug und hoffe, daß alle gesund und munter bleiben.
Wie machen die das bloß? So eine weite Reise, und sie wissen immer, wo sie hinfliegen müssen. Wahnsinn eigentlich, was die so leisten! Sie wissen, was zu tun ist, und tun es einfach.
Warum habe ich keine Flügel? Warum kann ich nicht aus meinem Umfeld entfliehen, einfach ausbrechen in die weite Welt und erst zurückkommen, wenn es mir hier wieder gefällt?

Wo gefällt es mir denn? Was möchte ich in meinem Leben tun?

Bin ich doch gefesselt an meinen Alltag? Ein Sklave meines Daseins?

Muß ich die Zeit so nutzen, wie es mir vorgeschrieben wird? Wer schreibt mir denn etwas vor?

Kann ich nicht auch einfach mal das tun, was ich für richtig halte und was ich möchte?

Ja, ich bin nicht so frei wie ein Vogel, im wesentlichen ist der Ablauf meines Lebens vorprogrammiert. Ich kann es beeinflussen, aber nur bis zu einem gewissen Grad. Die Jahreszeiten kann ich nicht ändern, genausowenig die Zeit anhalten. So gerne man auch manche Momente einfach festhalten möchte. Oder manchmal aus der eigenen Welt entfliehen möchte, in eine andere eintauchen, etwas Neues kennenlernen. Aber ich kann mein Leben selbst gestalten, es mir so schön machen, wie ich möchte, und mein Schicksal herausfordern. Meine Grenzen austesten. Jeder kann das, und ich rate auch jedem, nicht in Selbstmitleid zu versinken oder auf der Couch zu sitzen und zu warten, bis sich etwas ändert.

Es ändert sich nichts in einem Leben, es sei denn, man nimmt sein Leben, sein Dasein in die Hand und macht es sich zu einem Fest. Zu etwas Erträglichem, zu etwas, was die Zeit nicht einfach so verstreichen läßt. Dazu gehört bei mir eben die Arbeit, damit ich leben und mir auch etwas leisten kann. Falsch ist zu denken, daß man lebt, um zu arbeiten, denn ich arbeite, um zu leben! Und im Moment kann man ja froh sein, wenn man sich von seinem Lohn über Wasser halten kann. Sehr große Sprünge sind da nicht drin. Alles wird teurer, das Gehalt bleibt schön stabil. Aber wie teile ich mir meinen Urlaub ein? Nach welchen Kriterien suche ich mir meinen Urlaub aus? Nach der Wettervorhersage? Nach den Ferienzeiten der Bundesländer? Wo will ich hin, was will ich tun? Einfach nur weg, eine Pauschalreise oder einen Last-minute-Flug in ein fremdes Land buchen? Habe ich genug Geld auf dem Sparbuch, um zu reisen?

Es ist doch, wie es ist: Im Frühjahr ist es zu kalt, im Sommer ist es zu warm, im Herbst zu naß und im Winter zu eisig. Gibt es nicht immer etwas am Wetter auszusetzen? Wer macht sich denn das Wetter so schön, wie es ist?

Es sind doch nur wenige, die aus jedem Wetter ein Freudenfest machen: die sich darüber freuen, wenn es regnet, stürmt oder schneit, und sich daraus ein Erlebnis zaubern, das sie so schnell nicht vergessen. Wie viele sitzen im Herbst in ihren Wohnungen, wissen nicht, ob es schon wieder oder noch immer Abend ist, da es den ganzen Tag nicht hell geworden ist. Deprimiert hocken sie in der Stube oder in der Küche, wissen mit sich nichts anzufangen bei dem Sauwetter draußen!

Ja, draußen ist es ungemütlich. Grau, naß, kalt. Die Stimmung ist am Nullpunkt, und nun soll ich mich entspannen? Wie soll das gehen bei dem Wetter? Ein Buch lesen? Die Wohnung putzen? Licht in den Raum bringen, damit ich nicht depressiv werde? An diesen trüben Herbsttagen die Gedanken an die schönen Seiten des Lebens verlieren und den Kopf in den Sand stecken? Mit dicken Wollsocken und Rollkragenpullover vorm Fenster sitzen, nach draußen starren und warten, bis die Sonnenstrahlen den Fußboden berühren? Warten, bis die Kälte vom Fenster von den Füßen den Rücken hinaufklettert und mich am nächsten Tag eine Erkältung ans Bett fesselt? Den Kamin anzünden und in die Flamme starren, bis die Sonne wieder hervorkommt? Kerzen abbrennen lassen und eine Flasche Wein öffnen und warten, bis die Regenschauer vorbei sind? Duftkerzen anzünden und mir den Geruch des Sommers in die Wohnung zaubern, die Augen schließen und einfach nur träumen?

Fernsehen und die schlauen Tips in Ratgebersendungen verfolgen, oder irgendwelche völlig übertriebenen Serien angucken? Von beidem gibt es ja im Moment mehr als genug. Auf jedem Sender etwas anderes, aus jeder Sparte etwas. Kochen für Anfänger, Kochen für Profis. Kinder, die sich nicht erziehen lassen; Familien, die sich nicht zu helfen wissen. Schulden, die abgebaut werden, Paare, die vermittelt werden, neu gestaltete Gärten oder neugebaute Häuser. Autos verkaufen oder zusammenbasteln, Trödel verscherbeln. Survival-Trips in entlegene Länder, Urlaubsausflüge zu den beliebtesten Zielen der Welt, Einkaufstips aus den Metropolen, Finanz- oder Wirtschaftsberichte und, und, und.

Oder vielleicht einen Spaziergang machen und darauf vertrauen, nicht allzu naß zu werden? Denn der größte Teil des Regens fällt ja an mir vorbei, mich selbst trifft ja nur ein kleiner Teil des Schauers! Sehr witzig. Naß werde ich trotzdem, und anschließend benötige ich Stunden, um mich wieder aufzuwärmen – entweder in der heißen Badewanne mit Kerzenschein oder mit Fußbad und Glühwein vor dem Fernseher.

Oder vielleicht dick eingepackt in Decken vorm MP3-Player sitzen und den Klängen düsterer Musik lauschen? Ja, also was soll ich bloß machen? Trübsal blasen? Winterstarre? Schlaftherapie? Mich in ein Loch fallenlassen, bis im Frühling alles wieder erwacht? Da stellt sich die Frage, wofür warte ich auf den Frühling, wenn alles wieder von vorne anfängt und ich zum Herbst mit der gleichen Laune dasitze und nicht weiß, was ich tun soll? Hat es denn irgendwie einen Sinn, daß ich den Herbst und die grauen Tage abwarte?

Nichts kann so schlimm sein, daß man sein Leben einfach so aufgibt. Schließlich gibt es ja auch noch Freunde, Bekannte und Familie, denen ich wichtig bin. Sie wären mehr als traurig, einen von mir verfaßten Abschiedsbrief zu lesen, nur weil ich der depressiven Herbststimmung nachgegeben habe. Licht am Ende des Tunnels, sag ich nur! Es gibt immer einen Ausweg. Ja, denkt doch mal an einen Irrgarten! Auch hier führen oft mehrere Wege nach draußen, auch wenn es erst gar nicht so scheint, daß es überhaupt eine Lösung gibt. Es dauert einfach eine Weile, bis die zündende Idee parat ist. Es ist noch kein Meister vom Himmel gefallen.

Kapitel 2

Nun bin ich zu dem Entschluß gekommen, ein Buch zu schreiben. Ich möchte euch, liebe Leser, auf eine kleine Reise als Camper mitnehmen, um ein klein wenig zu träumen und ein paar der dunkelgrauen Stunden zu vergessen, um sich einfach mal fallenzulassen und etwas Neues zu erleben: Im Moment sitze ich im Vorzelt unseres Wohnwagens und genieße die Aussicht auf die Tannen, die Bäume und Sträucher den Hang hinunter zum Waschhaus, dessen bemoostes Dach sich in den Sonnenstrahlen grünlich-rot schimmernd färbt. Auch die Sonnenblume auf dem Dach erstrahlt in diesem Glanz.

Das Waschhaus ist aus Holz und taubenblau angemalt, was aber durch die Bäume und Sträucher kaum zu erkennen ist. In ihm befinden sich Toiletten und Waschräume – neben den Räumen für Damen und Herren gibt es jeweils einen Raum für Kinder und für behinderte Menschen – sowie ein Waschplatz für Geschirr und ein Raum für Waschmaschinen zur Bedienung nach Absprache. Zwei Häuser dieser Art gibt es hier auf dem Platz. Wir sind direkt am Plauer See in der Mecklenburgischen Seenplatte. Dieses Stück Erde erreicht man nach circa zehnminütiger Autofahrt ins Waldgebiet: abknickend von der Hauptstraße, vorbei am Bärenwald, entlang am Tal der Eisvögel, durch den Ort mit dem Ponyhof, in eine Sackgasse am Ende des Weges, mitten in einem Waldgebiet direkt am See. Sanfte Hügelwellen durchziehen den Campingplatz mit seinen Parzellen und Stellplätzen entlang eines Weges mit Blockhäusern, Mietwohnwagen und Caravanzelten, getrennt von Wald und Wiese. Unübersichtlich, verwinkelt bis in die kleinste Ecke, überall kleine

Nischen und Wege, die auch hinunter zum Wasser führen. Abgesehen vom Hauptweg, der natürlich breit genug ist, um mit dem Auto, Wohnmobil, Bootstrailer oder Wohnwagen durchzufahren. Am Hafen kann man sein Boot anlegen, auch hier führt ein geräumiger Weg zu den Stellplätzen am Wasser. Am See sind die Stellplätze sehr überschaubar. Ein langer Weg und eine grüne Wiese bilden einen Kreis der kurzfristig zu mietenden Flächen, eingefaßt von Stellplätzen, die an den terrassenförmigen Hügeln liegen und fast ausschließlich für Dauercamper reserviert sind. Einige Camper haben auch eigene Grundstücke erworben.

Wir, das heißt mein Mann und ich, genießen hier die Stille der Natur – oder, im Moment, das Sausen des Windes durch das Vorzelt, das Rascheln der Tannen, das Knacken der Zweige, das Fallen der Blätter auf den Boden. Das Prasseln des Regens auf dem Wohnwagendach. Das Gezwitscher der verschiedenen Vogelarten, den Ruf des Kuckucks aus dem Wald oder den Schrei der Eule, das Hupen der Fährschiffe auf dem See, manchmal auch das Aufheulen eines Motorbootes, wie es über den See peitscht.

Es ist einfach herrlich, die Natur zu betrachten! Bei Spaziergängen am Wasser das Peitschen der Wellen am Sandstrand zu beobachten, das Biegen und Rascheln des Schilfes an der Uferzone wahrzunehmen oder den Sonnenuntergang auf dem Wasser zu genießen. Zu schauen, welche Boote im Hafen liegen und welche Angler den besten Fisch fangen. Zu verfolgen, wie die Möwen ihre Kreise ziehen, oder uns die Brise des Windes um die Nase wehen zu lassen. Nachts erwartet uns ein klarer Sternenhimmel. Wir sind hier auf einer Kuppel, und nachts könnte man denken, man sitzt im Planetarium. Nur dort sieht man die Flugzeuge am Himmel nicht fliegen. Die meisten Nächte sind klar und kalt, und so viele Sterne am Himmel leuchten zu sehen, ist einfach faszinierend. Sie scheinen zum Greifen nahe, und je länger man in den Himmel starrt, desto mehr Sterne sind zu erkennen. Natürlich sind auch die bekannten Sternbilder zu sehen wie der Große Wagen, den wir auch immer betrachten und überlegen, in welche Himmelsrichtung er leuchtet, denn auch zu Hause aus dem Schlafzimmerfenster können wir ihn hin und wieder sehen. Dann können wir uns, obwohl wir in einer anderen Umgebung sind, an unseren Urlaubsort träumen.

Sternschnuppen sieht man jetzt leider nicht mehr so viele, trotzdem lädt uns die Nacht zum Träumen ein. Ein gutes Gefühl, einzuschlafen und zu wissen, daß so viele Sterne am Himmel über einen wachen.

Am Tage verfärben sich die Blätter in die schönsten Farben von goldgelb nach dunkelrot, füllen den Boden mit bunt gedecktem Laub. Die Tannen und die Latschenkiefern fangen an, sich von der Mitte aus braun zu verfärben, werfen ihre Nadeln ab. Eine Vogelschar nach der anderen flattert hier vorbei, auf dem Weg in eine andere Umgebung. In der Ferne ist ein Ertönen der Kettensäge zu hören, wahrscheinlich Waldarbeiter, die die Reste vom letzten Sturm beseitigen. Hin und wieder bricht ein Sonnenstrahl durch die grau in grau gefärbten Wolken durch, leuchtet die farbigen Blätter am Baum und auf dem Boden an, die teilweise wie Gold an den Sträuchern strahlen und funkeln. Unter den Bäumen sind diverse Pilzarten von Fliegenpilz bis zu Butterpilzen zu entdecken und zu bestaunen. Leider kennen wir uns mit den Pilzsorten nicht so aus und lassen lieber alle stehen. Doch die Verlockung ist groß, den einen oder anderen schmackhaft aussehenden Pilz zu ernten und zu verspeisen.

Einige andere Camper haben wir schon beim Stechen der Pilze beobachtet. Trotzdem trauen wir uns da nicht ran, schließlich wollen wir noch einige Tage hier verbringen und nicht mit Magenkrämpfen im Bett liegen oder uns gar im Krankenhaus den Magen auspumpen lassen, weil wir uns für den falschen Pilz entschieden haben.

Letzten Abend war es dann soweit. Die ganzen Tage hatten wir schon einen großen Pilz vor unserem Platz im Auge gehabt, dessen Ausmaße so groß wie ein geplatztes Brötchen waren, hell gefärbt und leicht aufgeschwemmt. Wir bewunderten diesen Pilz schon seit der Ankunft und versuchten, nicht mit dem Auto darüberzufahren oder auf ihn zu treten. Mein Mann kam von der Toilette den Hang hinauf, als seine Taschenlampe sich kurz verabschiedete. In diesem Moment machte es Flatsch!, und es war geschehen. Hinein in die weiche Masse, mein Mann kam ins Schwanken durch diesen glitschigen Pilz, der sich unter dem Schuh anfühlte wie ein Haufen Hundekot, konnte sich aber gerade so abfangen, bevor er längs auf dem Boden aufschlug. Schon war der ansehnliche Pilz Geschichte, der nun keine mehr erzählen kann.

Kapitel 3

Wir fahren hier schon mehrere Jahre her, und auch immer zu unterschiedlichen Jahreszeiten, versuchen dem Wetter zu trotzen, egal, wie es ist, wir machen uns eine schöne Zeit, denn das ist uns wichtig.

Raus aus dem Alltag, auf in ein Abenteuer. Einfach mal die Seele baumeln lassen, relaxen und an nichts denken und nichts tun. Oder im warm beheizten Wohnwagen sitzen und lesen, zwischendurch einen heißen Tee trinken und die Zeit einfach so verstreichen lassen.

Wir leben in den Tag hinein, und ehe wir's uns versehen, ist es schon wieder Nacht, der Tag vorüber und also etliche Stunden vergangen. Denn hier sind die Stunden irgendwie kürzer, die Tage verstreichen wie im Flug. Ein paar Tage Erholung sind eine Wohltat für die Seele und für den Geist. Natürlich regt es uns auch auf, wenn es wieder anfängt zu regnen, so wie in diesem Moment, aber schließlich können wir keinen Schalter umlegen, um es zu ändern.

Erst vorgestern traf ich eine Frau im Toilettenvorraum, die mir erzählte, daß sie den Tag zuvor den Wohnwagen nicht verlassen habe, denn es habe den ganzen Tag geregnet. Ich sagte zu ihr, jedes Wetter habe seinen Reiz, und ich verstünde nicht, daß man campt und nur auf gutes Wetter hofft. Abgesehen davon hätten wir Herbst und keinen Sommer, wo man mit Sonnenstrahlen rechnen könne. Okay, auch im Sommer ist mit allem zu rechnen, aber die Wahrscheinlichkeit, daß die Sonne scheint, sei doch größer als jetzt im Herbst. Sie nahm ihren Regenschirm und zog betrübt von dannen.

So sitzen wir nun bei Regen, Kerzenschein und alkoholischen

Getränken mit Zigarette im Vorzelt und freuen uns über den Wolkenbruch, der nach den dichten grauen Wolken zu urteilen noch eine Weile anhalten wird.

Heute werden wir wohl keine Runde mehr über den Platz drehen, andere Wohnwagen oder Vorzelte anschauen und gucken, welche Plätze mit Solarlichtern am besten ausgestattet sind. Manche Stellplätze leuchten nachts so hell, als wäre ein Flughafen in der Nähe. Zum Glück habe ich noch nicht mitbekommen, daß eine Maschine hier gelandet ist.

Kapitel 4

Unser gestriger Ausflug war auch sehr vom Herbstwetter geprägt. In Warnemünde an der Promenade zog ein Sturm auf. Selbst mein Bruder hätte da gesagt, daß ein Lüftchen weht. Der wohnt an der Küste, und was für uns sehr windig ist, ist für ihn nur eine leichte Brise. Mein Bruder ist eben andere Windgeschwindigkeiten gewöhnt.

Wie auch immer, wir konnten nicht am Strand spazierengehen, da der Wind den Sand aufgewirbelt hat und ihn uns mitten ins Gesicht blies. Wir haben es an der Mole versucht, bis uns der Sand in den Augen gebrannt hat.

Auch der tolle Ausblick auf die kabbelige See, die Gischt am Leuchtturm und die hohen Wellen waren uns dann egal. Denn wir wollten ja kein Peeling an den Augen oder im Gesicht durchführen lassen.

Leider hatten wir auch keine Taucherausrüstung oder Gasmaske dabei, um uns vor dem Sandsturm zu schützen.

So schlenderten wir an der Promenade auf und ab, aßen ein Fischbrötchen „auf die Faust" vom Kutter im Hafen, schauten uns im Yachthafen kurz um. Hier war es lang nicht so windig wie am Strand. An einer Bank auf der anderen Seite des Hafens machten wir Rast, hörten den Möwen zu, wie sie gierig ihre Kreise zogen und hofften, etwas Brot von Spaziergängern zu bekommen.

Schauten den großen Schiffen zu, die in den Rostocker Hafen einliefen, bestaunten das Lotsenboot beim Begleiten eines Schiffes aus dem Hafenbecken, bis wir schließlich in eine Gaststätte mit Shop einkehrten.

Im Hof gab es große Sandskulpturen von verschiedenen Künstlern aus aller Welt zu sehen. In einem Strandkorb auf der Innenseite der Gaststätte genossen wir das Flair, begutachteten die Sandburgen und ließen hin und wieder den Blick auf die großen vorbeifahrenden Schiffe fallen. Im Laden schauten wir uns das Sortiment an, Bonbons, Marmelade, Kerzen, Dekoartikel und Klamotten in maritimen Stil. An der anschließenden Gaststätte verzehrten wir eine Kleinigkeit, was uns das Abendbrot im Wohnwagen ersparte, und vor allem den Abwasch. Obwohl die Brotzeiten im Wohnwagen Weltklasse sind!

Wir wählten einen runden Tisch in der Mitte des Raumes, mit Blick auf die Schiffe, die direkt hinter der Fensterfront des Lokals vorbeifuhren. Ein Bildschirm zeigte Namen und Position aller ankommenden und auslaufenden Schiffe an, fast wie auf einem Flughafen. Die Decke war geschmückt mit Fischernetzen, einem Hai aus Kunststoff in Lebensgröße, der vom Netz aus in den Raum schaute und vor einem Faß stand, einem Fischersmann, der das Akkordeon spielte, sobald er mit Münzen gespeist wurde.

Interessant, am Monitor zu verfolgen, welche Schiffe wo anlegen, wie sie heißen, was sie geladen haben oder wann das nächste Passagierschiff abfährt. Es ist schon beeindruckend, dort zu sitzen und zu speisen, und auf einmal fährt eine riesige weiße Wand an der Glasscheibe vorbei, wir schauen raus und sehen, ach ja, ein großes Schiff. Mit diesen Eindrücken fuhren wir also wieder Richtung zweite Heimat. Nach der Autofahrt und dem Spaziergang stand dem gemütlichen Ausklingen mit Kerzenschein und Bier im Vorzelt nichts mehr im Weg.

Es waren im Moment nur wenige Camper auf dem Platz, ganz selten, daß hier mal der ein oder andere vorbeikam, den linken oder rechten schmalen Trampelpfad nach unten benutzte, bevor er seine Toilettenrunde drehte oder heißes Wasser in Gießkannen vorbeischleppte, um abwaschen zu können. Denn auch auf dem kleinen Pfad mußte man sehr genau schauen, wo man hintrat, denn es lag genug nasses Laub auf dem Boden, um auszurutschen oder über einen Maulwurfshügel zu stolpern.

Selbst ein Reh hatte sich schon in diese kleine Bucht verirrt und bei den Campbesuchern für Heiterkeit gesorgt. Es wurde dämmerig, und auf einmal stand das Reh am Vorzelt. Aufgescheucht lief es den Hang hinunter und versteckte sich hinter den Bäumen. Jedesmal, wenn wer den Trampelpfad entlangging, raschelte es, und es war unklar, ob das Reh nicht gleich aus dem Büschen hervorsprang aus Angst, entdeckt zu werden. Einige Frauen hörte man quietschen, da sie das Rascheln im Gebüsch nicht zuordnen konnten und wahrscheinlich auch nicht wußten, daß dort ein Reh hinterm Baum lauert. Auch ich hatte Angst, abends auf die Toilette zu gehen, weil ich nicht wußte, ob das Reh dort noch verweilte. Auch wenn ich wußte, es hat mehr Angst vor mir als ich vor ihm, blieb ein komisches Gefühl. Mein Mann begleitete mich also nach unten, wartete vor der Tür – und versteckte sich, um mich zu erschrecken. Leider verriet ihn seine Taschenlampe, ein kleiner Schimmer am Boden, den ich sah, bevor er versuchte, zu fiepen wie ein Reh! Pech gehabt, nicht erschreckt. Aber ein netter Versuch, auch wenn es sich nicht wie der Ruf eines Rehes angehört hatte. Am nächsten Morgen war das Reh verschwunden, es war kurz vor dem Fototermin in den Wald gelaufen und nicht wieder aufgetaucht.

Im Frühjahr hört man sogar die Tannenzapfen knacken, was sich anhört, als ob sich nebenan jemand mit der Schere die Nägel schneidet. Dann kann man beobachten, wie alles wieder zum Leben erweckt wird, alles wird nach und nach grün. Aber das dauert noch eine Weile.

Es ist immer ein Erlebnis, hier zu sein, und wir erfreuen uns jedesmal aufs neue: Sei es auf die Familienfeste, die wir hier schon hatten, oder einfach nur auf die Ausspannwochenenden oder die Urlaube mit Freunden und Familie.

Kapitel 5

Ostern dieses Jahr haben wir hier gefeiert. Wie meistens gab es auch diesmal Schwein am Spieß unten beim Imbiß, dazu einen kostenlosen Schneeschauer. Also Schwein am Spieß in Puderzucker. Ja, auch das kann zu einem Campingerlebnis gehören. Man muß halt alles mal erlebt haben.

Die Frauen hinter dem Verkaufsstand hatten zum Glück warme Stiefel an mit dicken Wintersocken, da sie sonst vor Kälte wahrscheinlich umgefallen wären. Zum innerlichen Aufwärmen gab es Glühwein.

Das Osterfeuer wird regelmäßig abgesagt, weil es entweder zu windig, zu trocken oder, wie dieses Mal, zu naß ist, so daß keiner kommen würde. Bei Trockenheit droht die Gefahr eines Waldbrands. Aber auch das hindert unvernünftige Camper nicht, mit dem Feuer zu spielen. Einmal hatte eine Familie hinter uns unter einer Tanne auf dem Fahrweg ein Lagerfeuer im Grill entfacht und hierfür Äste von den Bäumen geschlagen. Ohne sich einer Schuld bewußt zu sein, saß die ganze Familie um das Feuer versammelt. Merkten sie denn nicht, daß hier alles trocken war, wußten sie nicht, daß es Waldbrandstufen gibt, die einzuhalten sind? Dafür stehen hier oben überall Aussichtstürme.

Die Familie war sich offenbar nicht im klaren darüber, daß hier alles in Flammen aufgehen und zu Asche zerfallen kann. Wieso, ist doch nur ein kleines Feuer, und wir passen doch auf! Ja klar, und wenn der Wind die Richtung wechselt, bläst du ihn in die andere Richtung zurück, so daß er nicht die Tannen trifft! Oder du spuckst wahrscheinlich darauf, bis die Flammen ersticken! Aber sie zeigten sich dann einsichtig und reduzierten das Feuer, bevor es andere Ausmaße annahm.

Jetzt im Herbst konnte es auch passieren, daß wir nur Brötchen holen wollten, dann unten am Minimarkt mit der Besitzerin in ein Gespräch verfielen und erst nach dem Mittagessen und einigen Bieren am zugehörigen Imbißstand den Weg nach Hause fanden. Dort trafen wir auf andere Camper, die von ihren Erlebnissen erzählten. Es war immer interessant, sich darüber auszutauschen, was einem auf den Reisen mit Wohnmobil oder Wohnwagen schon widerfahren ist. Welche Länder man schon bereist hat. Immer wenn Rentner erzählten, was sie erlebt hatten, hörten wir gespannt zu. Diesmal gab es eine Geschichte über eine herbstliche Fahrt mit dem Wohnwagen quer durch Italien, inklusive eines Schneeeinbruchs, der den beiden Rentnern wegen der Sommerreifen etwas zu schaffen machte. Denn sie mußten ja weiterfahren und waren nicht darauf vorbereitet, bei einer Fahrt über den Brenner bei einer Pause im Schnee zu tappen. Einen Tag entschlossen wir uns, direkt nach dem Small talk einen Spaziergang in dem Waldgebiet um den angrenzenden zweiten See zu machen. Es war ein schöner Herbsttag. Über dem Horizont versuchte sich die Sonne, durch die Wolken zu drücken, schaffte es aber nur, deren Kontur in gelbem Schein leuchten zu lassen. Der bedeckte Himmel deutete auf einen Regenschauer hin. Wir setzten einen Fuß vor den anderen, spürten das Laub der Bäume unter unseren Sohlen, das natürlich raschelte und knackte. Rund um den See führte uns ein Weg, der mit Blättern bedeckt war, die teilweise gerade herabfielen. Pilze waren unter den Tannen und Bäumen zu bestaunen, eine Weinbergschnecke überquerte unseren Weg. Auf einer Wiese in einer kleinen Lichtung machten wir kurz Rast. Wir setzten uns auf eine Bank mit Seeblick und genossen die Landschaft.

Der Himmel spiegelte sich anmutig im Wasser. Die bunt gefärbten Bäume am Ufer rundeten das Bild ab. Es war ein reines Farbenmeer, das wir bewundern konnten. Ein leichter Windzug ließ den Wald wispern. In der Ferne rief ein Milan. Diese gerade beschriebene Stimmung spiegelt doch irgendwie mein Leben wieder. So buntgemischt wie die Farben, die ich gerade aufnehme, so buntgemischt ist auch mein Leben, von allem ist etwas dabei. Ja, das ist genau wie mein Leben, wie euer Leben. Welche Farben mische ich wie zusammen, damit sie gut zusammen harmonieren? Welche Situationen aus meinem Leben kann ich zusammenfassen oder ändern? Kann ich auch eine neue Farbe anmischen? Ich warte eine Weile, bis sich einige Farben am Himmel zusammentun und ein anderes Spektrum darstellen als vorher. Nun überlege ich mir meinen nächsten Schritt. Was möchte ich tun, wie kann ich mein Leben ändern? Will ich es überhaupt ändern? Eines ist doch gewiß, so wie die Jahreszeiten immer wiederkehren, so bleibt auch das Leben durchwachsen und bunt. Ich muß die Jahreszeiten akzeptieren, und auch die bunten turbulenten Zeiten im Leben muß ich so nehmen, wie sie kommen. Es läßt sich nicht immer alles planen oder vorhersagen. Auch das Wetter kommt und geht, wie es will, und wir müssen schauen, daß wir das Beste aus jeder Zeit herausholen. Also genossen wir noch ein wenig die Stille des Sees und des Waldes, das Spiegelbild des Herbstes, bevor wir unsere Runde um den See beendeten.

Kapitel 6

Im Sommer war alles ganz anders. Da war der Platz restlos ausgebucht und voller Jubel, Trubel und Geschrei. Überall Zelte, Wohnwagen, Wohnmobile, Boote und Bootstrailer. Familien mit ihren Kindern, Großeltern mit ihren Enkeln, Ehepaare auf Kurztrip und Senioren, die sich hier Erholung erhofften. Natürlich auch jede Menge Dauercamper, von denen einige aufgrund des Lärms der Familien auch nicht so angetan von der Situation waren.

Die Waschräume waren morgens und abends regelmäßig überfüllt von Kindern, die sich nicht waschen wollten oder Geschrei um den besten Platz am Waschbecken machten, um sich die Zähne zu putzen. Mein Mann hatte erlebt, wie ein Vater mit seinen beiden Kindern im Waschraum stand, da war das Gezeter groß: Wie, alles waschen? Auch die Haare? Ja richtig, sagte der Mann, alles waschen und einseifen. Als er selbst endlich duschen wollte, nachdem er seine Kinder abgefertigt hatte, kam kein Wasser mehr und waren die Duschmarken aufgebraucht! Mein Mann war so freundlich, ihm eine unserer Duschmarken abzugeben, damit er jetzt nicht loslaufen mußte, um sich eine neue zu holen. Das hatte ihn gefreut, und er brachte später am Abend eine neue Duschmarke bei uns vorbei.

Wir warteten einen Abend so lange mit Duschen, bis wir glaubten, der größte Ansturm sei vorbei. Dann nahmen wir unsere Duschtasche und gingen den Hang hinunter zum Waschhaus, jeder auf seine Seite. Jetzt das Gesuche, welche Dusche war noch frei? In welche freie Nische kann ich rein? In welche Nummer des Automaten stecke ich meine Duschmarke? Gut, Wasser läuft, also Duschen marsch! Und dann? Plötzlich wurde es dunkel im Waschraum. Hallo?! Kann jemand vorne mal das Licht wieder anschalten? Nein, es war kein Schalter vorhanden. Versteckte Kamera?

Nun standen wir da, wie Gott uns schuf, nackt hangelten wir uns nach draußen –das Licht war übrigens bei den Männern als auch den Frauen ausgegangen – ins Helle, bis wir uns abtrocknen konnten, denn zum Glück waren wir alle gerade mit dem Duschen fertig. Der Vorraum und die Toiletten waren abends beleuchtet. Ich möchte mir gar nicht vorstellen, was passiert wäre, wenn jemand noch unter der Dusche gestanden hätte, womöglich noch mit Schaum im Gesicht, und dann wäre vielleicht auch noch die Wasserzufuhr abgestellt worden! Vielleicht auch mal ein Erlebnis, mit Taschenlampe auf die Toilette zu gehen und im Schatten des Lichts das Toilettenpapier zu erfühlen, um seinem Bedürfnis nachzukommen.

Ja, die Anlage könnte man auch als Abenteuer-Nacht-WC anbieten! Solche Erlebnisse hatten andere Camper aber auch.

Das Schild an der Tür weist darauf hin, daß nach elf Uhr die Notbeleuchtung angeht, verriet aber nicht, daß es dann stockdunkel ist. Daraufhin beschwerten sich einige Camper an der Rezeption, die eigentlich froh sein konnten, daß keinem was Schlimmeres passiert war, daß niemand sich etwas gebrochen hatte oder anderweitig zu Schaden gekommen war. Das Schild hängt weiterhin da, ich wünsche den Campern viel Spaß beim Duschen nach elf, vergeßt nicht, die Kerzen aufzustellen, und nehmt euch für den Weg eine Taschenlampe mit, um nicht zu stürzen.

Zwischen den Mahlzeiten war der Raum zum Abwaschen ebenfalls hoffnungslos überfüllt. Jeder wollte abwaschen, und so bildeten sich gesellige Camper und lange Wartezeiten vor dem Waschhaus, und man konnte sich in der Warteschlange unterhalten. Auch morgens im Minimarkt beim Anstehen für frische Brötchen blieb die Warteschlange nicht aus. Ja, es kam einem so vor, daß alle gleichzeitig alles machen wollten. Es war auch irgendwie schön zu erleben, daß der Platz auch mal was bieten kann.

Einige, mit denen wir ins Gespräch kamen, waren weitgereist und das erste Mal auf diesem Platz, gar zum erstenmal seit langer Zeit überhaupt wieder mal campen. Denen gefiel es sehr gut hier – es ist einfach die Natur, die Luft, die Umgebung, die alle hier fasziniert. Und dann sieht man eben über das ein oder andere, was einen hier auf dem Platz stört, hinweg.

Eines Morgens stellten wir uns den Wecker auf vier Uhr, um aufzustehen und mit dem Rad zum See zu fahren und die frühmorgendliche Stimmung einzufangen. Schon immer wollte ich mal den See erwachen sehen, wenn morgens die Sonne aufgeht und sich durch die Wälder drückt, wenn die Fische erwachen, die Enten aus ihren Verstecken im Schilf kommen und die Schwäne anfangen, nach Nahrung zu suchen, oder den Kopf nur zum Waschen in den See stecken. Das geht halt nur früh morgens, also nichts wie los. Wir drehten uns noch mal kurz um, bis wir es schließlich doch schafften, aufzustehen und Kaffee zu kochen, kurz einen Schluck nahmen und uns dann auf die Räder schwangen, ab zum See. Auf einem kleinen Pfad entlang des Wassers radelten wir gute fünfzehn Minuten durch den Wald, der Boden war hügelig und voller matschiger Löcher, bis wir zu einem Aussichtsberg kamen. Wir wurden ganz schön durchgeschüttelt auf dem Rad, denn wir haben ja keine Geländeräder, nur ganz normale Räder ohne großen Schnickschnack. Fast wäre mein Mann in eine matschige Pfütze gefallen, konnte sich aber gerade so mit seinem Lenker abfangen. Er bekam noch die Kurve, so daß nur ein Fuß den Boden berührte und der Schuh hinterher etwas matschdurchzogen war. Auch unsere Hintern wurden in regelmäßigen Abständen in die Luft geschleudert und aus dem Sattel gehoben. Die Bodenwellen und die herabgefallenen Äste, die keiner beiseiteschaffte, machten es uns unmöglich, anders zu fahren. Auf dem Weg schien die rotgefärbte Sonne durch die Wälder, schimmerte anmutig auf dem Wasser, und die Luft war herrlich frisch, es roch einfach grün. Ein Specht hämmerte schon in den Bäumen. Auf der Plattform des Aussichtspunktes hatten wir einen herrlichen Blick über die Landschaft, es war still, ganz ruhig schlief der See. Wir setzten uns auf die Bank, genossen den Ausblick neben der verwachsenen Eiche mit den herabhängenden Ästen. Wir sprachen ganz leise, um niemanden zu wecken, und hielten nach Tieren Ausschau, die vielleicht noch schliefen. Fische, die sich noch nicht bewegten. Vielleicht hätten wir uns auch in normaler Lautstärke unterhalten können, da Tiere ja ohnehin bessere Organe hatten und unsere Witterung bestimmt schon längst aufgenommen hatten. Es war uns aber lieber, daran zu glauben, daß sie uns nicht bemerkten, wenn wir uns fast nicht bewegten und nur leise sprachen. Wir registrierten die langsame Wellenbewegung des Sees, als die Fische aufwachten und davonschwammen.

Die Enten kamen aus dem Schilf hervor, dazu die Schwäne, die den See auskundschafteten. Die Vögel auf den Bäumen fingen an zu zwitschern, langsam erwachten der See und der Wald. Eine Maus lief uns fast über die Füße, auf dem

Weg in ein neues Versteck oder auf der Suche nach Nahrung. In der Ferne das erste Boot, die Wellen zogen sich mühselig über das Wasser. Was für ein herrlicher Morgen! Wir beobachteten das Szenario noch eine Weile, bevor es auf dem kleinen Pfad am Wasser entlang zurück zum Wohnwagen ging.

Eine willkommene Abwechslung, bevor der Campingplatz erwachte und es wieder zu einem tumultartigen Durcheinander kam. So konnten wir von unserem Erlebnis, von der Stimmung, die wir eingefangen hatten, zumindest eine Zeitlang zehren und daran denken, wie schön ruhig es gewesen war. Einen heißen Kaffee hatten wir uns nach der Tour verdient. Noch kurz am Minimarkt angehalten, um frische Brötchen zu holen, und dann erstmal frühstücken, bevor wir den Tag genossen.

Am Nachmittag gönnten wir uns im See eine kühle Abwechslung zum heißen Tag. Das Wasser war nicht zu warm, es war herrlich und richtig erfrischend. Diesmal waren wir aber nur schwimmen, ohne das Kanu mitzunehmen. Einige Tage zuvor waren wir nämlich mit dem Mann der Cousine meines Mannes auf dem Wasser unterwegs gewesen.

Ich war vorne am Paddeln, mein Mann am Ende des Kanus, und unsere Begleitung genoß die Aussicht. Die von einem Fährschiff verursachten Wellen machten das Vorankommen nicht gerade leichter. Ich haute das Paddel also ins Wasser und schaufelte die komplette Ladung hinten wieder rein, mitten ins Gesicht von meinem Mann. Pladdernaß von oben bis unten. Tja, und keine Wechselklamotten dabei. Ein paarmal hintereinander schaufelte ich das Wasser noch ins Boot, bis wir uns vor Lachen nicht mehr halten konnten und unser Bekannter nur noch an Land wollte, bevor wir auf der anderen Seite waren. Er hatte die Schnauze voll vom Paddeln, wollte kein Schiffeversenken spielen, er schnappte sich lieber sein Surfboard und surfte allein am Schilf entlang, während wir noch alleine eine Runde paddelten, ohne den anderen naß zu spritzen.

Abends wurde im Freien der Grill angeschmissen und Würstchen und Steaks gegrillt, um dann in gemütlicher Runde beim Quatschen und dem ein oder anderen Glas Bier den Abend ausklingen zu lassen. Von unten am Imbiß sind noch Stimmen zu hören, dort halten sich einige Camper auf, um gesehen zu werden, um Zeit zu verbringen oder ein Bierchen, einen Wein oder Schnaps zu trinken oder manchmal den Klängen des DJs zuzuhören, bevor sie das Tanzbein schwangen. Allerdings durfte der Baß nicht so laut dröhnen, da sich sonst bestimmte Personen darüber beschwerten, wie laut es sei und daß sie den Lärm nicht ertrügen. Statt mitzufeiern und die ausgelassene Stimmung zu genießen, lieber meckern. Dabei ist sowieso um elf die Musik aus. Doch die für ein paar Stunden etwas lautere Beschallung ist für einige wenige schon zu viel des Guten, selbst wenn sie nur einige Male im Jahr veranstaltet wird und doch eigentlich eine schöne Abwechslung zum abendlichen Programm bietet.

In der Ferienzeit war tagsüber ein Animateur unterwegs, um die Kinder für ein abendliches Fußballspiel zusammenzutrommeln. So waren die Kinder den Tag damit beschäftigt, zu baden, an der Schatzsuche quer über den Platz mit verschiedenen Stationen teilzunehmen oder auf dem Bolzplatz zu trainieren, bevor abends das legendäre Fußballspiel begann. Das Ertönen der Pfeife bei einem Foul oder einem Fehlspiel war weit zu hören. Anschließend schliefen die Kinder in seliger Ruhe ein, weil sie einfach kaputt waren.

Kapitel 7

Wir waren das erste Mal in den Sommermonaten hier, sonst meistens, wenn keine Ferien waren, oder im Frühjahr, am Sommeranfang oder im Herbst. Im See, im Wald und auf den Wiesen gibt es hier zu jeder Zeit viel zu entdecken. Jede Menge zum Sammeln und Basteln bietet die Natur hier. Natürlich bedarf es an Phantasie der Eltern, um mit den Kindern das Richtige zu sammeln oder etwa in den Pfützen kleine Papierboote fahrenzulassen.

Für die Kinder meines Cousins habe ich auch schon Tannenzapfen gesammelt, die die Kinder dann zum Basteln mit in den Kindergarten nahmen. Aber ich glaube, daß viele Kinder heute mit dem Computer aufwachsen und gar nicht mehr so viel die Natur genießen, so wie wir es einmal gemacht haben.

Mensch, was haben wir früher Kastanien gesammelt, um uns das Taschengeld aufzubessern! Wenn wir heute sehen, wie viele Kastanien oder Eicheln am Fußboden liegen, da sammelt doch keiner mehr, echt schade! Gern denke ich an die Zeit zurück, wie unsere Mutter, wenn es herbstlich wurde, mit meinem Bruder und mir losgezogen ist, um Blätter zu sammeln. Nur die schönsten und die farbigsten habe ich mir ausgesucht, um damit zum Beispiel Lesezeichen nach dem Trocknen zu machen. Kastanien haben wir gesammelt und zur Försterei gebracht, um unser Taschengeld aufzubessern. Bucheckern haben wir gesucht und gegessen. Tannenzapfen und Eicheln zum Basteln mitgenommen. Ich fand es toll, aus den Naturmaterialien etwas zu basteln. Im Winter haben wir oft zusammen Kekse gebacken und bemalt. Fensterscheiben mit Schneespray eingesaut! Pompons gehäkelt und Tannenzapfenmännchen für den Weihnachtsbaum vorbereitet. Ja, wir waren wirklich gern kreativ. Heute bastele ich nicht mehr so viel, aber kreativ beim Kochen und Backen, das bin ich noch immer. Es gibt wenig, was ich auf Rezept koche. Eigentlich alles ausgedacht, wird schon gut schmecken, einmal durch den Kräutergarten gewürzt und fertig! Für die neuesten Ideen habe ich mein Rezeptbuch, darin notiere ich die Gerichte, wie ich sie hergestellt habe und wie sie gelungen sind. Zum Beispiel selbstgemachte Sahne-Pfefferminz-Bonbons! Köstlich! Auch in einem Muffin sehr lecker. Seelachsfilet paniert mit Parmesan überbacken mit Paprika und Bandnudeln mit Käse. Eine Wucht! Bananenkuchen mit Schokoglasur, um nur einige zu nennen. Natürlich ist auch das ein oder andere Rezept dabei, das nicht so funktioniert hat, wie ich es gedacht habe.

Kreativ also bin ich nach wie vor. Mein Mann ist daran auch nicht ganz unschuldig, er gibt mir den Freiraum und das Umfeld, das ich brauche, um kreativ zu sein. Ich liebe ihn dafür und für vieles andere. Ich genieße meine Zeit mit ihm und freue mich über jedes Ereignis, das wir zusammen erleben. Es ist nicht selbstverständlich, füreinander dazusein und sich zu verstehen. In guten und in schlechten Zeiten. Wir schaffen es immer wieder, nur die guten Zeiten aus dem Leben zu ziehen, freuen uns, daß wir uns vor so langer Zeit gefunden haben und schon einige Jahre als Ehepaar zusammenleben. Gemeinsam immer wieder neue Ideen in die Tat umsetzen, sei es die Verschönerung unseres Wohnwagens oder unserer Wohnung.

Oder letztes Jahr Pfingsten die Entscheidung, uns ein Wohnmobil zuzulegen. Wozu meine Mutter auch ihren Teil beigetragen hat, denn wir hatten sie eingeladen, das Pfingstwochenende mit uns zu verbringen.

Wer einmal Camper war oder es noch ist, kann vielleicht nachvollziehen, wie schwierig es ist, sich für ein Wohnmobil zu entscheiden. Wir lieben den Wohnwagen und das Vorzelt und konnten uns ein mobiles Heim auf Rädern nicht vorstellen. Wir fanden es unromantisch und doof, mit demselben Wagen zu fahren, mit dem man auch campt.

Das Flair ist einfach ein anderes. Wohnwagen ist Wohnwagen und nicht zu vergleichen mit einem Wohnmobil. Zufällig sind wir durch Bekannte, die ihren Wohnwagen verkaufen wollten, zu unserem Schmuckstück gekommen. Viel Liebe, Geld und Mühen mußten wir hineinstecken, bevor wir den Wohnwagen so hatten, daß wir uns drin wohl fühlten. Neue Gardinen in orange-gelb genäht, Polster neubezogen, passend zu den Übergardinen in rot, Laminatfußboden neu verlegt, das alte Bett rausgerissen und ein neues Querbett in angenehmer Einstiegshöhe gebaut (nur für die Schwiegermutter ist es etwas problematisch, sie braucht einen kleinen Hocker, um ins Bett zu klettern, wenn sie mal hier oben ist), die Elektrik umverlegt, neue Lampen eingesetzt, die eichenholzfarbenen Schränke in buchefarbene Folie gelegt, die Griffe der Klappen in neuem silbrigen Design erscheinen lassen. Dem Badezimmer verliehen wir mit weiß-grauer Marmoroptik-Folie einen neuen Glanz. Den Staufächern der Sitzbank unter dem Tisch gaben wir ein silbriges Aussehen, damit die Boxen besser zur Geltung kamen. An der Einstiegsseite hinten hatte mein Mann eine Klappe reingesetzt, so daß wir die Staufläche unter dem Bett gut nutzen können. Da die Klappe ja ins Vorzelt zeigt, bietet sich es an, dort die Getränke zu kühlen und zu lagern. Ja, so haben wir immer ein temperiertes Bier oder Wasser griffbereit. Den Himmel über dem Bett verschönerten wir mit einem durchsichtig schwarz gemusterten Gardinenstoff, um nicht immer auf dieses triste Hellbraun der Decke zu starren. Einige Musikfestivals in verschiedenen Städten haben wir damit durchgemacht, eine spontane Tour nach Frankreich zur Atlantikküste für sage und schreibe drei Tage, bevor wir uns hier auf dem Campingplatz für einen Jahresstandplatz entschieden haben. Hier stehen wir nun also auf dem Natur-Campingplatz unserer Wahl neben der Tante meines Mannes das ganze Jahr über. Hinter unserem Grundstück ist ein kleiner Hang mit Tannen, Latschenkiefern, Sträuchern und kleinen Büschen, der regelmäßig von der Tante meines Mannes gepflegt und gemäht wird, angrenzend an den Weg mit einigen Stellplätzen für Wohnwagen. So können wir die nahgelegene Wasserstelle gut nutzen, um frisches Wasser zu holen. Leider verstehen manche Camper nicht, daß es nur eine Hol-Stelle für Wasser ist, da es dort keinen Ablauf gibt. Dann werden da eben schon mal die Füße gewaschen, die Teller und Tassen abgespült oder das Wasser aufgedreht, um die Wasserpistole oder Luftballons mit Wasser zu füllen, so daß sich die Wasserstelle unweigerlich in eine kleine Matschlache verwandelt. Nun bekommt jeder, der Wasser holen möchte, nasse Füße und muß feuchten Fußes nach Hause gehen.

Unser Blick nach vorn schweift auf den Abhang zum Hauptweg, der durch große Bäume und Sträucher mittlerweile verdeckt bleibt. Nur die Motorengeräusche der vorbeifahrenden Autos sind noch zu hören. Als die Bäume noch nicht so großgewachsen waren, konnten wir einen kleinen Teil vom See in Augenschein nehmen, der uns jetzt verborgen bleibt. Da wir nun mit dem Wohnwagen nicht mehr reisen konnten, mußte eine andere Lösung für die Festivals her. Entweder ein neuer Wohnwagen oder ein Wohnmobil. Denn den alten Wohnwagen aufgeben kommt nicht in Frage. Unser Herz hängt an diesem Wagen, an dem Vorzelt mit festem Fußboden. Die ganze Arbeit und die Liebe zum Detail, die wir hier reingesteckt haben! Auf gar keinen Fall verkaufen!

Kapitel 8

So kam es dazu, daß wir uns für ein Wohnmobil entschieden. Mittlerweile haben wir uns mit dem Gedanken angefreundet, mit dem Wohnmobil unterwegs zu sein und hier am festen Standplatz unseren Wohnwagen zu haben. Dem Tag des Kaufes fieberten wir entgegen, konnten es kaum erwarten, wie es sein wird, mit dem Wohnmobil unterwegs zu sein. Unser eigenes Wohnmobil! Irgendwie komisch, wo wir uns das bis vor kurzem doch gar nicht vorstellen konnten! Unser Wunschkennzeichen haben wir schon mal bekommen, jetzt mußte nur noch alles mit dem Händler klappen.
Und dann war es soweit. Der Tag rückte näher, und dann war er da. Mensch, was für ein Geschoß. Das ist unser neuer? Ja, das ist er. Über acht Meter lang, hinten mit Queensbett, von beiden Seiten begehbar, Küche mit fließend Heiß- und Kaltwasser, Toilette, Fernsehen, Sitzecke, Pilotensitze zum Drehen, Heizung, Heckträger für Fahrräder, Rückfahrkamera. Wow!
Wir waren sehr angetan von unserem neuen Gefährt, freuten uns wahnsinnig auf den ersten Urlaub mit dem Wohnmobil. Als erstes ging es natürlich zur Tankstelle, Diesel tanken für die Fahrt nach Hause. Sechzig Euro, und die Tanknadel hat sich kaum bewegt, bei einem Füllvolumen von hundertzwanzig Litern kein Wunder. Nach ersten Anlaufschwierigkeiten für meinen Mann, der sich von dem Automatikgetriebe seines Autos auf Schaltung umstellen mußte, meisterten wir die erste Hürde und die engen Kurven auf dem Tankstellengelände mit Bravour.
Zu Hause angekommen, wurde das Mobil erst einmal von der Schwiegermutter und den Nachbarn in Augenschein

genommen und bewundert. Anschließend fuhren wir es in die Garage auf einem nahegelegenen Hof, wo wir auch schon unseren Wohnwagen parkten.

Wenige Tage später fand die erste offizielle Reise statt. Wir fuhren zum Campingplatz, wo der Wohnwagen steht. Unser Inventar hatten wir ja dort, also fuhren wir dorthin, um uns mit Geschirr, Tassen und Besteck auszurüsten, bevor es eine Woche später zum Festival ging. Mein Mann war von der Fahrt sehr angetan. Auch die Anfahrhilfe am Berg funktionierte einwandfrei. Meine Schwiegermutter saß auf einem der hinteren Plätze, konnte die Aussicht aus dem Seitenfenster genießen, wurde aber manchmal nach links und rechts geschleudert, wenn mein Mann zu schnell oder zu heftig lenkte. Aber auch sie hat die Fahrt, wie ich auch, ohne größere Blessuren gut überstanden.

Die erste Nacht verbrachten mein Mann und ich natürlich im Wohnmobil. Wäre auch nicht anders gegangen, da meine Schwiegermutter im Wohnwagen ihr Quartier bezog. Dennoch war es ungewohnt, in so einem großem Raum im Bett zu liegen. Links und rechts war bis zum Fenster genügend Platz für einen Nachttisch. Unsere Augen erspähten in der Ferne die Frontscheibe des Wohnmobils. Es kam uns fast schon mystisch vor. Diese Länge zu betrachten, war überwältigend. Doch die Müdigkeit siegte, und wir schlossen unsere Augen und fingen an zu träumen. Wir genossen die erste wundervolle Nacht in unserem Wohnmobil, hier auf unserem Campingplatz. Am Morgen bestaunten die Tante und der Onkel meines Mannes das neue Gefährt.

Jetzt mußten wir einige Dinge vom Wohnwagen in das Wohnmobil umladen. Danach wurde erst mal einiges ausprobiert. Schließlich wollten wir alles wissen und uns davon überzeugen, daß auch alles funktioniert. Die Außenmarkise hat den Ansprüchen meines Mannes standgehalten und ließ sich nach genauer Inspektion tadellos wieder einfahren. Auch die Wasserhähne liefen einwandfrei. So können wir auf dem Gaskocher in der Küche wunderbar Wasser erhitzen, um Kaffee aufzubrühen. Am Heck zwischen den Fahrradträgern brachte ich einen Folienschnitt auf, passend zum Design auf dem Wohnmobil in Anthrazit. Zu sehen sind zwei Köpfe hinter einem Vorhang, und zwar die Gesichter von meinem Mann und mir. Das Bild macht sich sehr gut auf dem Heck und ist ein echter Hingucker. Innen im Wohnmobil brachte ich kleine Schilder an, die bezeichneten, wo man sich gerade befindet. In der Küche stand auf dem Schild „Brutzelstube", im Badezimmer ersetzte ich das Wort durch „unsere Naßzelle", und im Schlafzimmer schrieb ich auf das Schild „Sleeping Zone". Natürlich haben wir auch ein Schild im Fahrerraum, worauf geschrieben steht, daß wir uns in der „Fliegerzone" bewegen. Gut gerüstet für das kommende Wochenende fuhren wir Richtung Heimat und legten einen kleinen Zwischenstopp ein. Beim Freund meiner Mutter machten wir für einen Kaffee kurz Rast – natürlich auch, um unser Wohnmobil zu präsentieren, denn wir sind ja stolz wie Oskar auf unser neues Gefährt. Auch meine Mutter und ihr Freund waren von dem Geschoß sehr angetan. Sie haben uns beglückwünscht, diese Entscheidung getroffen zu haben – wie auch meine Schwiegermutter schon sagte, zu einem richtigen Zeitpunkt. Jetzt, wo wir es noch können, sollen wir es uns leisten! Und jetzt, wo wir noch jung sind, wo wir noch Auto fahren können, sollen wir es genießen zu reisen – oder einfach nach Feierabend die Seele baumeln lassen, auch mal alle fünfe gerade seinlassen und das Leben so nehmen, wie es kommt.

Kapitel 9

Mein Bruder konnte es kaum abwarten, bis es endlich losging, denn er fuhr bei uns mit, baute aber vor Ort sein eigenes Zelt auf. Das Wochenende stand vor der Tür. Das Festival rief. Alles an Bord, der Wassertank wurde aufgefüllt, Lebensmittel und Getränke waren gut verstaut im Kühlschrank, die Klamotten hingen im Schrank, und die CDs waren im Seitenregal untergebracht. Los ging's zum Sammelpunkt bei einem Freund, um in Kolonne zum Festival zu fahren. Als wir ausstiegen, bemerkten wir, daß wir eine Abdeckung des Kühlschrankes verloren hatten. Leider war sie nicht aufzufinden, und wir mußten uns erst mal mit Klebeband behelfen. Wahrscheinlich war die Klappe nach der ausgiebigen Inspektion meines Mannes nicht richtig verankert worden, so daß sie sich unterwegs verabschiedet hat. Als wir auf dem Festivalgelände eintrafen, wollten manche unserer Freunde ihren Augen nicht trauen. Sie hatten es nicht geglaubt, daß wir unseren Traum je Wirklichkeit werden lassen. Doch, das hatten wir. Ein Traum von uns war in Erfüllung gegangen, eine Entscheidung, die wir zusammen getroffen hatten, um etwas Neues im Leben zu erfahren, um neue Eindrücke zu sammeln und gemeinsam etwas zu erleben.

Jedenfalls wurde das Mobil von den Freunden ausgiebig bestaunt. Einige verewigten sich auch in unser Fahrten-Gästebuch: „Es war schön, mit Euch das Wochenende zu verbringen", „Danke für das immer kalte Bier im Kühlschrank" oder „Jedes Jahr mit Euch einfach toll, hoffe, Ihr kommt nächstes Jahr wieder" und „Danke für die gute musikalische Untermalung des Grillabends". Auch wir genossen das Festival mit der lauten Musik und den guten Bands auf der Bühne. Allem voran aber genossen wir das Feeling in unserem Wohnmobil. Eigentlich konnten wir uns gar nicht so richtig auf das Festival konzentrieren, denn wir waren die meiste Zeit damit beschäftigt, Freunden und Bekannten unser Domizil zu zeigen, oder wir mußten selber einiges noch mal nachlesen, bis wirklich alles funktionierte. Wir waren also so voller Freude über unser Wohnmobil, daß wir vom Festival nicht alles mitnehmen konnten, freuten uns aber, dabei zu sein und einiges von der guten Stimmung mitzubekommen, bis wir alle am Montag das Gelände verließen. Wir verabredeten uns noch mit dem einen oder anderen, um uns noch mal zu treffen, bevor ich mich dann erstmals ans Steuer von unserem Geschoß setzte und uns nach Hause fuhr.

Ja, ich mußte meinem Mann recht geben, es ließ sich sehr gut fahren, war insgesamt sehr übersichtlich, und auch das Rückwärtsfahren mit der Heckkamera war kinderleicht. Natürlich fuhren wir auf dem Rückweg gleich beim Händler vorbei, um eine neue Kühlschrankabdeckung zu erwerben, denn der Urlaub stand vor der Tür, und ohne Abdeckung wollten wir nicht weiterfahren.

Kapitel 10

Nun waren wir erst mal wieder zu Hause, alle Klamotten mußten ausgeladen werden, und anschließend wurde das Wohnmobil für den Urlaub gepackt, schließlich wollten wir noch ein paar schöne Tage mit unserem Gefährt Deutschland unsicher machen: neue Campingplätze erkunden, andere Städte bereisen, sehen, wo es noch ein schönes Stück Natur gab, was wir neu entdecken und erkunden konnten. Auf ging es in ein neues Abenteuer!

Wo würden wir hinfahren? Wo würden wir rasten? Wo würden uns unsere Gedanken hintragen? Wir hatten kein genaues Ziel vor Augen, wir wollten da bleiben, wo es uns gefiel.

Eine grobe Richtung hatten wir schließlich eingeschlagen, und nach langer Suche nach einem Übernachtungsplatz wurden wir müde, mußten uns von Rastplatz zu Rastplatz durchschlagen. Überall volle Parkplätze, alles voller LKWs, und wir konnten unser Wohnmobil ja auch nicht einfach auf einen PKW-Parkplatz stellen, da es dafür zu lang ist. Aber schließlich zahlte sich unsere Mühe aus, und wir konnten einen Nachtstellplatz auf einer Raststätte finden.

Nun also die Gardinen im Fahrerhaus zugezogen und erst mal eine kleine Verschnaufpause eingelegt, eine Runde geschlafen! Nachdem wir morgens aufwachten, zauberten wir uns vor der Weiterfahrt einen Kaffee. Wir fuhren Richtung Schwarzwald, wo wir gegen Nachmittag einen Campingplatz fanden, der uns gefiel. Hier wollten wir für ein paar Tage Urlaub machen. Nach dem Check-in bauten wir unsere Markise auf und begutachteten erst einmal den Campingplatz. Von der Rezeption aus führten kreisförmig

Wege an den Stellflächen der Camper vorbei zum Waschhaus oder zum angrenzenden See. Wir kamen uns auf dem Campingplatz so fremd vor. Eine Parzelle war hier gedrängt an der nächsten. Alles eher zugebaut, nicht so offen und naturbelassen wie auf unserem Campingplatz. Mein Mann meinte, es würde nur noch fehlen, daß das Fernsehen auftauchte und eine neue Folge von den Campern auf dem Platz drehte. Es sah wirklich fast so aus, als befände man sich an einem Filmset.

In den nächsten drei Tagen genossen wir die Sonne, tankten etwas Farbe und ließen uns von der Sonne Energie speichern – was bei mir zu einem Sonnenbrand führte. Wir hatten die Räder dabei, machten einige Touren durch die Feldmark, genossen die weitläufige Aussicht über die Felder am Rand des Schwarzwaldes.

Es war ein neues Erlebnis, mit dem Fahrrad die Gegend zu erkunden. So konnten wir mehr von der Natur sehen, als wie wir vielleicht zu Fuß erkundet hätten. Bis jetzt war es ja immer so gewesen, daß wir zu unseren Ausflugszielen mit dem Auto gefahren sind, um uns zum Beispiel ein Schloß oder eine Stadt anzusehen. Diesmal sagten wir: Wo das Wohnmobil steht, da bleibt es stehen, und alles, was wir sehen wollen, müssen wir zu Fuß oder mit dem Fahrrad erreichen. Das war eine ganz neue Erfahrung, wir konnten so den Urlaub neu entdecken und genießen. Es ist herrlich, mit dem Fahrrad den Ort zu erkunden oder zu Fuß neue Wege zu finden, die die Felder umgeben.

Kapitel 11

Nach ein paar Tagen fuhren wir weiter Richtung Mosel. Das Moseltal war unser nächstes Ziel. Natürlich hatten wir nichts gebucht, wir werden schon etwas Passendes für uns finden. Wir sind ja optimistisch.

Es gibt mehrere Wege, die ins Moseltal führen, aber ich glaube, wir entschieden uns für den spektakulärsten Weg in das Moseltal. Wir fuhren auf einer kleinen Nebenstraße, als ein Hinweisschild warnte, daß LKWs ab sechs Metern Länge nicht diesen Weg wählen sollten. Ja, das galt ja nicht für uns, wir haben keinen LKW, denn wir haben ja eine PKW-Zulassung. Es folgte ein weiteres Hinweisschild dieser Art, und ein weiteres Schild warnte vor fünfzehn Prozent Gefälle. Wir ignorierten diese Schilder einfach. Dann kam allerdings ein Schild, das mich stutzig machte: ein Hinweis auf die letzte Wendemöglichkeit für Busse. Die Schilder wurden immer bunter, dieses hier war jetzt gelb mit schwarzen Piktogrammen. „Mensch", sagte ich zu meinem Mann, das ist ja fast so wie in den Alpen.

Ein Schild folgte noch – „STOP", dies ist die letzte" … –, bevor ich weiterlesen konnte, war mein Mann schon ungebremst auf der Straße entlang daran vorbeigerauscht. „Halt doch mal an", rief ich. Mein Mann mit seinem sturen Kopf nahm noch mal an Fahrt auf, volle Kraft voraus. „Das bißchen Gefälle wird schon nicht so schlimm sein", sagte er. Gesagt, gefahren. Nach einigen Kurven, die leicht bergab gingen, dachten wir uns, wenn es so weiter geht, ist es doch gar nicht so schlimm, wofür also die Warnschilder. Die Straße führte links vorbei an einem geteerten Weg, an dessen Ende eine Burg erkennbar war.

Wir schauten kurz zur Seite, begutachteten die Burg, bevor mein Mann sich wieder der Straße zuwandte. Ich schaute noch mal kurz in den Straßenatlas, um zu sehen, wo wir uns gerade befanden. Jetzt kam es aber dicke. Halleluja! Eine steile Serpentine wurde vor uns sichtbar, auf den Weg nach unten ins Tal. In der Ferne war das wunderschöne Moseltal erkennbar, dessen Aussicht ich nun nicht mehr genießen konnte.

Ich klappte den Atlas zusammen, legte ihn beiseite und hielt mich an den Armlehnen fest. Purer Angstschweiß machte sich breit. Hier sollen wir nun abwärtsfahren. Schließlich hatten wir die Hinweisschilder ignoriert, weil wir dachten, daß wir davon nicht betroffen seien. Wenden konnten wir nicht mehr, es führte also nur dieser Weg nach unten in das Moseltal.

Mein Mann war angespannt, behielt aber einen klaren Kopf, ich wußte, daß er es schaffen würde, uns heile nach unten zu bringen. Mein Vertrauen war sehr groß, ich schwenkte meinen Blick noch mal kurz auf die Aussicht, die wirklich wunderschön gewesen wäre, wenn wir sie nur hätten genießen können. Die Weinberge entlang der geschlängelten Mosel, kleine Häuser und Burgen oberhalb der Weinberge auf dem Hang. Ich schaute hinunter ins Tal, teilte meinem Mann mit, ob von unten auf der Gegenfahrbahn ein Auto kam. Da die Kurven so eng und steil waren, konnte er die Gegenfahrbahn unter ihm nicht einsehen.

In jeder Kurve schaute ich nun nach vorne, in der Hoffnung, daß kein Auto kam. Denn schon ein kleiner Transporter hätte nicht mehr neben uns gepaßt. Im Kurvenbereich brauchten wir die ganze Breite der Straße um überhaupt eine Chance zu haben, nach unten zu kommen. Ein Auto kam uns entgegen, zum Glück auf einem kurzen geraden Streckenabschnitt.

Als der Fahrer sah, wie wir durch die Kurven manövrierten, fuhr er an die Seite, um uns Platz zu machen. Er sah uns irritiert an, und dann nahm das Auto den Weg nach oben auf. In der nächsten Kurve wußten wir, warum die Hinweisschilder davor gewarnt hatten, mit einem Fahrzeug länger als sechs Meter diesen Weg talabwärts zu nehmen. Mein Mann fuhr die Kurven weit aus, schwenkte das Fahrzeug links an die Kante der Leitplanke, bis er das Lenkrad nach rechts drehte, um das steile Gefälle der Kurve für den langen Wagen etwas auszugleichen und aufzufangen. Jetzt hingen wir mit der Schnauze vom Wagen fast an der Leitplanke, das Hinterteil des Wohnmobils befand sich aber noch auf dem Berg, war also noch nicht um die Kurve herum, als der Wagen aufsetzte und ein lautes Schleifgeräusch zu hören war. Ich schrie nur: „Fahr weiter, fahr einfach weiter." Ignorier das Geräusch, laß uns einfach nur nach unten fahren, und das schnell."

Nun raste der Puls, das Blut fing an zu kochen, und ich konnte den Herzschlag meines Mannes beinah hören. Souverän meisterte er die letzten Serpentinen, die noch vor uns lagen, harmlos im Gegensatz zu der Kurve eben. Unten angekommen, sahen wir zwei Autos warten, bis wir diese Straße verlassen hatten. Sie hatten mit Sicherheit von unten zugesehen, wie wir die Serpentinen heruntergefahren waren, und hatten uns nicht im Weg stehen oder sich gar selbst in Gefahr begeben wollen. Mit Heckträger kamen wir auf eine Länge von ungefähr acht Metern. Die Fahrer dachten sich wahrscheinlich, daß das nur unwissende Touristen sein könnten.

Gott sei Dank. Da liegt es nun vor uns. Das Moseltal, so schnell sind wir noch nie dort gewesen. Fünfzehn Prozent Gefälle auf circa sechs Kilometern Serpentinen! Wir hielten an der Straße auf einem Seitenstreifen kurz an, um uns zu beruhigen.

Wir rauchten erst mal eine Zigarette, betrachteten den Berg, den wir gerade herunter gerollt waren. Dann schauten wir nach, wo das Schleifgeräusch herkam. Der Leiterrahmen unter dem Fahrzeug war leicht verzogen, keine große Sache. Eine Staugarage hatte auf der Unterseite der Verkleidung einige Schrammen. Der erste Kratzer am neuen Fahrzeug ist immer am Schlimmsten. Nun war das Zittern vorbei, aber der Weg vom Schwarzwald in das Moseltal blieb nun unvergeßlich. Wir werden ab sofort keine Hinweisschilder mehr ignorieren oder auf kleineren Straßen fahren, wo wir nicht wissen, was uns erwartet. Künftig befahren wir nur noch bezeichnete Land- und Bundesstraßen oder Autobahnen, das war uns eine Lehre. An der Hauptstraße entlang des Moseltals fuhren wir bis zu einem abknickenden Weg, der zu einer Wiese mit Stellplätzen für Wohnmobile und Wohnwagen führte. Wir reservierten uns einen Platz, bestellten Brötchen für den Morgen zum Frühstücken, parkten unser Wohnmobil und genossen bei einem Bier die abendliche Stimmung am Moseltal mit Blick auf eine Burg am Hang eines angrenzenden Weinberges.

Der Blick auf die Mosel blieb uns leider verborgen, da die Stellplätze am Eingang unterhalb des Flußbettes lagen. Auf der Wiese, auf der wir standen, campten mit uns noch drei weitere Urlauber, die sich aber bei der Größe des Platzes verloren. Die Wascräume befanden sich im ersten Stock, direkt über der Rezeption und dem Lokal, in einem Haus

ungefähr 120 Meter von unserem Stellplatz entfernt. Ungewöhnlich an den Toiletten war, daß man hier das Toilettenpapier zur Benutzung am Eingang abreißen mußte. Man mußte also vorher entscheiden, wieviel man wohl braucht. Ja, wer weiß das denn schon vorher? Meistens entscheidet man ja erst spontan, eine längere Sitzung einzulegen. Und dann? Pech gehabt, also kurz abklemmen, rausgehen, Papier holen und es sich dann wieder gemütlich machen. Praktisch ist etwas anderes. Auch die Spülung mit einer Leine am Wasserkasten ließ auf eine alte Bauweise schließen. Wir fühlten uns dort etwas wie in einem anderen Jahrzehnt.
Als ich das erstemal den Waschraum betrat, fragte ich zwei Mädchen, die sich am Waschtisch zurechtmachten, nach den Toiletten, da ich glaubte, im falschem Raum zu sein. Ich vermutete hinter den Waschtischen nur noch die Duschen. Sie waren es, die mir den Tipp gaben, vor der Benutzung der Toiletten im hinteren Raum das Papier abzureißen. Nun brauchte ich mich auch nicht mehr wundern, warum im Vorraum so große Mengen Klopapier in den Spendern waren. So konnte ich meinem Mann vor der Toilettenbenutzung auf diese Eigentümlichkeit hinweisen. An dem Haus erstreckte sich der eigentliche Campingplatz, direkt am Moselufer, der aber nur für Dauercamper reserviert war. Hinter dem Restaurant war ein kleiner Pool für alle Camper mit Blick auf die Mosel und ihre Weinberge. Guten Morgen, Deutschland, guten Morgen, Urlaub. Unsere erste Nacht im Moseltal hatten wir gut verbracht. Nach ausgedehntem Frühstück unter unserer Markise im Freien entschieden wir uns, mit den Rädern entlang der Mosel in die neun Kilometer entfernte Stadt zu fahren. Dort sollte es einen Campingplatz geben, der auf einer

Insel in der Mosel liegt. Das klang verlockend, aber nun wollten wir mit den Rädern erst einmal die Lage erkunden und schauen, ob wir die Strecke mit unserem Wohnmobil überhaupt fahren konnten.

Das Erlebnis am Vortag hatte uns vorsichtiger gemacht. An der Rezeption ankommen, reservierten wir uns dort einen Stellplatz ab dem nächsten Tag. Am Wasser aßen und tranken wir eine Kleinigkeit, bevor wir uns auf den Rückweg zum Wohnmobil machten. Neun Kilometer die Mosel aufwärts bei Gegenwind! Da mußten wir ganz schön strampeln. Den Tag ließen wir ruhig ausklingen und genossen das Flair des Moselufers, der Weinberge und der Umgebung. Da uns der Campingplatz selbst nicht so zusagte, fuhren wir am folgenden Morgen mit unserem Haus auf Rädern zum Insel-Campingplatz, der, wie wir am Vortag ausgekundschaftet hatten, für uns ohne Hürden zu erreichen war. Über eine schmale Brücke im Hafen führte die Straße direkt zum Campingplatz. An der Rezeption machten wir Halt, um uns für die nächsten Urlaubstage anzumelden. Die Dame von der Rezeption wies uns auf einen Stellplatz ein, erklärte kurz und bündig die Regeln des Platzes und der Stromversorgung, zeigte uns das Waschhaus und ließ uns dann in Ruhe unser Wohnmobil parken und einrichten. Das war doch mal ein toller Campingplatz auf einer Insel in der Mosel!

Umgeben von Weinbergen links und rechts die Hänge hinauf, konnten wir von unserem Stellplatz nun endlich auch die Schiffe beobachten, die auf der Mosel auf und ab fuhren. Wir fühlten uns wie in einem Tal, denn eingeschlossen von den Weinbergen führte links und rechts am Ufer der Mosel je eine Straße und eine Eisenbahnschiene entlang. Auf dem Berg in der Ferne waren zwei Ruinen zu begutachten, die nachts auch angestrahlt wurden. So gab es den ganzen Tag, etwas zu entdecken oder etwas zu bestaunen.

Leise war es natürlich nicht, denn die Schiffe fuhren ja nicht lautlos an uns vorbei. Auch die Eisenbahn auf den Schienen verursachte einen gewissen Geräuschpegel, und ebenso war der Straßenlärm gut zu hören. Auch einige Flugzeuge am Himmel zogen ihre Bahnen zum nahgelegenen Flughafen. Die Geräuschkulisse störte uns aber nicht dabei, die wunderbare Landschaft zu genießen und zu erkunden. Auch auf diesem Campingplatz lagen die Waschgelegenheiten im ersten Stock des Gebäudes. Aber hier war alles sehr modern und gepflegt, nicht zu vergleichen mit dem vorherigen Platz. Die Insel, die nur über die Brücke am Hafen zu erreichen ist, erstreckt sich länglich in der Mosel. Eingefaßt von einer Wiese am Ende des Campingplatzes und umrandet von Bäumen und einigen Wegen, liegen in der Mitte der Insel die Stellplätze für Kurz- und Dauercamper. Hier ist man noch ein Teil der Natur, denn die Plätze der Dauercamper liegen nicht Tür an Tür wie auf dem Campingplatz im Schwarzwald. So verbringen wir einige Tage mit Träumen und Erzählen, Lesen und Lachen.

Kapitel 12

Einen Tag trauten wir uns mit den Rädern eine weitere Strecke zu. Unser Ziel hieß Burg Elz. Es waren schon einige Kilometer bis dorthin – also aufgesattelt und los. Über den Hafen zum Ortsausgang ging es entlang der Moselstraße durch das Tal. An einer Mauer entlang des Moseltals hielten wir kurz an, um den Ausblick zu genießen. Es war ein lauer Tag, die Sonne schien, aber es war zum Glück nicht so warm, daß einem bei jedem Pedaltritt das Wasser von der Stirn lief. Im nächsten Ort entschieden wir uns, querfeldein zu fahren.

Mein Mann war vor einigen Jahren mit seinem Vater schon mal hier unten und dachte, er weiß ungefähr, wo es langgeht. Im Wohnmobil schauten wir vorab auf eine Karte, die wir erworben haben, um zu sehen, wo wir in etwa hinfahren mußten. Durch den Ort ging es über einen Wanderweg nach oben. Laut dem Hinweis auf dem Schild führte er zur Burg Elz. Also machten wir uns mit den Rädern auf nach oben. Wanderweg war das richtige Wort. Ich glaube, wir suchen uns immer die spektakulärste Route aus, denn tatsächlich war dieser hier nur als Wanderweg ausgegeben und als „rote Route" gekennzeichnet. Ich weiß nicht, ob ihr wißt, was das heißt. Die Farbe bezeichnet den Schwierigkeitsgrad, und Rot steht für fortgeschrittene Wanderer und nicht für Anfänger oder Radfahrer. Am Anfang ging es noch einen asphaltierten Weg aufwärts, der sich teilweise auch noch gut mit dem Rad fahren ließ. Einige Erkundungstafeln standen am Wegrand, die wir uns durchlasen, um etwas über die Gegend zu erfahren. Entlang des Weinberges, dessen Trauben leider noch nicht reif waren, bahnten wir uns den Weg nach oben. Plötzlich führte nur noch ein kleiner Trampelpfad weiter. Gut, also mußten wir diesen Weg nehmen, da wir uns für diese rote Tour entschieden hatten und nur diese Strecke zu unserem Ziel führte. Andernfalls hätten wir ins Tal zurückfahren müssen, um eine andere Aufstiegsroute zu wählen. Das wollten wir aber nicht, denn wir waren ja nun schon einige Meter hoch über der Mosel. So ging es den schmalen Pfad steil nach oben. Mein Mann schob sein Fahrrad mir voraus, drehte sich um und fing an zu lachen. Ich fragte ihn, was so lustig daran sei, den steilen Anstieg aufwärts sein Fahrrad zu schieben. „Du bist so lustig", sagte er. „Dein Fahrrad geht einen Meter vor dir spazieren, und du hängst daran wie ein nasser Sack." Schön, daß wenigstens einer etwas zu lachen hat.

Ja, der Weg war steil, und es war nicht leicht, sein Fahrrad auf einem schmalen Trampelpfad nach oben zu schieben, über Äste und Steine, die im Weg lagen. Manche Abschnitte waren nach einem vormittäglichen Regenschauer matschig und mit Schiefern übersät. Hätte mein Mann mein Fahrrad weggezogen, wäre ich mit Sicherheit umgefallen, da ich das Rad schon in extremer Schieflage geschoben habe. Es sah bestimmt lustig aus, auch wenn ich persönlich nicht darüber lachen konnte.

Auf einer Bank mitten in einem Weinberg genossen wir hoch oben den Ausblick über das Moseltal. Nun konnten wir den Ausblick in der Höhe auch mal genießen, nach frischer Luft schnappen und kräftig aus- und einatmen, bevor es weiterging. Die Weinberge hatten die Namen ihres Gutes in großen weißen Buchstaben in den Arealen stehen. Sie glänzten im Sonnenlicht. Das blaue Wasser der Mosel floß wie eine Schlange durch das Tal. Die Häuser sahen von hier oben so klein aus, als wären sie von Lego oder Playmobil. Auch die Autos, die auf der Straße entlang der Mosel fuhren, wirkten klein wie Spielzeuge. Den Hang hinunter erstreckten sich mehrere Weinberge, an denen gerade die ersten Trauben wuchsen. Alles war in einem satten Grün. Auch auf der anderen Seite des Flußbettes führte eine kleine Straße an den angrenzenden Hängen mit den Weinbergen vorbei. Ich war klitschnaß und durchgeschwitzt und eigentlich schon am Ende meiner Kräfte, kaputt vom Anstieg und vom Geschiebe des Rades, dabei hatten wir vielleicht gerade mal die Hälfte geschafft. Mein Mann war auch schon leicht durchgeschwitzt, hatte aber sein Ziel vor Augen, was er mir auch noch mal verdeutlichte und mir Mut machte, weiterzufahren oder vielmehr zu gehen. So machten wir uns auf den weiteren steilen Weg nach oben, vorbei an mehreren Kruzifixen. Ich schätze, alle fünfhundert Meter stand so ein Kreuz am Wegesrand, und jedesmal, wenn ich einen Abschnitt der Strecke bis dorthin geschafft hatte, bedankte ich mich für die Kraft und erhoffte mir neue Energie für den weiteren Weg. Mein Fahrrad ging mit mir spazieren, und ich ungefähr einundhalb Meter hinter ihm. Auch für meinen Mann war es nicht so ganz leicht, sein Fahrrad bergauf zu schieben. Doch bei ihm sah es nicht ganz so verkrampft aus wie bei mir. Nach einer Weile hatten wir eine Anhöhe erreicht, eine geteerte Straße tat sich vor uns auf. Nun die Frage, wo sollten wir lang? In welcher Richtung lag die Burg? Leider gab es ab dieser Straße keine roten Wegweiser mehr, also fuhren wir erst einmal geradeaus, in der Hoffnung, auf dem richtigen Weg zu sein. Drei Kilometer weiter sah ich ein Hinweisschild, das zurück in den Wald wies. Da mein Mann mal wieder schneller radelte als ich, konnte ich ihn gerade noch stoppen, bevor er auf der Straße die Serpentinen nach unten fahren wollte.

„Stopp, halt an! Komm zurück, wir müssen in die andere Richtung", schrie ich ihm hinterher. Das wäre es ja jetzt gewesen! Erst den schweißtreibenden Aufstieg mit dem Fahrrad, und dann die Serpentinen bergab mit dem Rad zurück ins Dorf, nur um von dort eine andere Route zur Burg zu nehmen. Wir fuhren bis zu dem Hinweisschild, das durch den Wald führte, und nahmen unseren Weg zum Ziel wieder auf. Dieser kleine Umweg kostete uns nur etwas Zeit. Dafür konnten wir am Himmel ein großes Transportflugzeug beobachten, das sehr niedrig flog. Auch an einer Kuhweide waren wir vorbeigeradelt, was mich als Kuhfan natürlich sehr gefreut hat. Durch den Wald bahnten wir uns den Weg mit den Rädern, teilweise konnten wir hier radeln und mußten somit nicht schieben. Es dauerte noch ungefähr eine Stunde, bis wir endlich die Burg in Augenschein nehmen konnten. Wir konnten sie schon durch die Bäume sehen. Leider war ein Teil eingerüstet für Renovierungsarbeiten. Wir erklommen den letzten Abschnitt des Weges und schlossen unsere Fahrräder an, um die Burg zu Fuß zu erkunden. Der Aufstieg hatte sich gelohnt: eine schöne Burg und eine herrliche Aussicht.

Im Inneren der Burg schlossen wir uns einer Führung an, um etwas von der Geschichte rund um diese Burg zu erfahren. Auch waren wir neugierig, wie die Zimmer in dem alten Gemäuer eingerichtet waren und ob es geheime Gänge gab. Anschließend schauten wir uns im Museum um, wo einige Schmuckstücke, Waffen, Geschirr und andere Antiquitäten zu bewundern waren. Nach einer Stärkung im Restaurant auf der Burg traten wir den Rückweg an.

Der Himmel zog sich mit Wolken zu, hin und wieder fing es an zu grollen. Kein gutes Zeichen, denn es sah so aus, als ob eine Gewitterfront im Anmarsch war. Für den Rückweg wählten wir einen anderen Weg nach unten, denn die steile rote Route wollten wir definitiv nicht noch mal benutzen. Da der Aufstieg schon so schweißtreibend war, stelle ich mir den Abstieg über diesen Weg sehr schwierig vor. Doch auf dem Weg durch den Wald, den wir nun gewählt hatten, konnten wir die meiste Zeit auf dem Rad sitzen und fahren. Nur an einigen engen Passagen mit abschüssiger Hanglage schien es uns sicherer, abzusteigen und zu schieben, denn so schnell wollte dann doch keiner von uns nach unten. An einer kleinen Lichtung hielten wir kurz an, um zu verschnaufen. Wir betrachteten durch die Bäume einen Flußlauf, der sich in einer kleinen Bucht etwas staute, bevor er in einen kleinen See lief und sich an dessen Ende wieder verjüngte, um seinen Lauf flußabwärts ins Tal zu nehmen. Über Stock und Stein führte uns der Weg durch den Wald in ein Dorf. Auch hier auf dem Pfad mußten wir gut schauen, wo wir lang fuhren, um über keine Wurzel zu stolpern, und wir stiegen im Zweifelsfall lieber ab und schoben, damit sich keiner von uns langlegte. Wir genossen noch einmal das Flair des Waldes, bevor wir ins Tal gelangten, und just in diesem Moment fing es an zu regnen. Gut, daß wir nicht mehr auf der Burg und schon im Tal angekommen waren, denn durch den leichten Regen wurde es im Wald und auf den Wegen natürlich noch rutschiger und matschiger. Dann machte eine Radtour keinen Spaß mehr. Kurz suchten wir uns ein trockenes Plätzchen, bis der schlimmste Wolkenbruch vorbei war, dann zauberten wir unsere schwarzen Ponchos aus dem Rucksack, zogen sie über und nahmen den Weg zum

Campingplatz wieder auf. Entlang des Moseltals ging es auf dem Radweg neben der Straße weiter.

Unsere Ponchos flatterten im Wind. Die Fahrer der entgegenkommenden Autos mußten denken, sie sähen eine überdimensionierte Fledermaus auf einem Rad sitzen. Wir hatten diese Regenjacken auch kaum angezogen, als der Regen schon aufhörte. An einem Wehr machten wir halt, um uns der fledermausartigen Jacken wieder zu entledigen. Am Wehr saßen einige Kormorane, die warteten, bis die Fische die Fischtreppe herauf- oder herunterschwammen, um nach ihnen zu schnappen. Ein Weilchen sahen wir diesem Schauspiel zu, bis wir schließlich genug Kraft gesammelt hatten, um bergauf mit Gegenwind den Heimweg anzutreten. Wir strampelten und strampelten bergauf. Teilweise fühlte es sich so an, als führe man auf der Stelle oder wäre in einem Windkanal gefangen. Schweißüberströmt schafften wir es beide schließlich mit letzter Kraft bis zum Wohnmobil. Jetzt nur noch die Räder in die Ecke, eine heiße Dusche nehmen und erst mal nicht mehr ans Fahrradfahren denken. Diesen Tag hatten wir geschafft, oder besser gesagt, der Tag hatte uns geschafft. Wir ließen jetzt alle fünfe gerade sein und ruhten uns erst einmal aus.

Schauen wir mal, wie es morgen aussieht mit dem Muskelkater, dachten wir uns. Nach einer wunderbaren Nacht im Bett des Wohnmobils blieb der große Muskelkater aber aus. Hier und da ein kleines Zwicken war nicht der Rede wert. Wir waren sehr erleichtert, keine großen Leiden von unserem Ausflug davongetragen zu haben.

Einige entspannte Tage hatten wir nun noch vor uns, bevor unser Urlaub endete und wir wieder nach Hause mußten, um unser Geld für den nächsten Ausflug zu verdienen. Es blieb also noch Zeit, einige Urlaubsgrüße an Freude und Verwandte zu schreiben – insgesamt zwanzig an der Zahl. Am letzten Tag drehten wir noch einmal eine Runde mit dem Rad durch das Dorf. Erst mal zur Post, um die Urlaubskarten loszuwerden, und anschließend ließen wir uns auf dem Marktplatz beim Italiener nieder, um den letzten Urlaubsabend bei gemütlichem Essen und einem Glas Wein ausklingen zu lassen. Wir ließen uns mit Vorspeise und Hauptgang verwöhnen und genossen es sehr, nicht selber kochen zu müssen. So gingen sie hin, unsere letzten Stunden im Moseltal, die unvergeßlich bleiben.

Kapitel 13

Am Morgen machten wir uns auf den Rückweg. Es gab noch eine kleine Planänderung. Der Weg führte uns nach Düsseldorf. Hier erwartete uns am Wochenende die große Caravan-Messe. Wir wollten unbedingt auch mal dabeisein. Auf dem Parkplatz des Messegeländes wimmelte es von Caravanmobilen, Wohnwagen, Kleinbussen, zu Eigenheimen umgebauten Fahrzeugen. Wir waren erstaunt über den Andrang auf dem Parkplatz und dem großen Areal, das die Messeorganisation zur Verfügung gestellt hatte. Jedes Jahr treffen sich hier Camper, um ein Wochenende unter Gleichgesinnten zu verbringen. Um sich auszutauschen, über Probleme und über Neuigkeiten zu sprechen oder einfach die Zeit zusammen zu genießen. Nachdem wir einen Stellplatz zugewiesen bekommen hatten, parkten wir in dieser Reihe dicht an dicht mit dem nächsten Wohnmobil, richteten uns kurz ein und machten uns zu Fuß auf den Weg, um eine Runde über den Parkplatz zu drehen. Mensch, gab es hier abgefahrene Wohnwagen und Wohnmobile zu bestaunen! Es war wie eine Messe in der Messe. Einige waren mit Airbrush versehen, bunt besprüht, andere aufgetunt und aufgemotzt, mit Blinklicht hier und Blinklicht da. Nach dem Motto: Hauptsache, der Wagen fällt auf. Die Messe in Düsseldorf liegt genau in der Einflugschneise des Flughafens, und so kam es in der Nacht zu starker Lärmbelästigung. Auch am Tage war das Dröhnen der Flugzeugmotoren nicht zu überhören. Etwa achtzig Meter über uns zogen die startenden und landenden Maschinen vorbei. Von unten konnten wir die Maschinen also nicht nur hören, sondern auch bestaunen. Am Morgen der Messeeröffnung machten wir uns mit einigen anderen Campern auf den Weg zum Eingang. Mit einem Shuttle-Bus an der Haltestelle ging es vom Parkplatz zum Hauptgebäude der Messehallen. Hier stellten wir uns brav in eine Schlange von Menschen, die alle noch eine Eintrittskarte erwerben wollten. Wir gehörten ja auch dazu. Es ist immer nervig, in langen Schlangen zu stehen und zu warten, bis man an der Reihe ist. Obwohl alle Annahmeschalter geöffnet waren, mußten wir zwanzig Minuten warten, bis wir die Eintrittskarten die unseren nennen konnten. Wir stürzten uns ins Getümmel. Doch da wir gerade erst ein neues Mobil gekauft hatten, war die Messe für uns doch gar nicht so interessant, wie wir zuerst angenommen hatten. Der Parkplatz mit den anderen Campern hat uns dann doch schon mehr imponiert. Das einzige, was wir uns gern angeschaut haben, war ein Reisebus der Luxusklasse mit einem Porsche im Kofferraum und einem Whirlpool im hinteren Teil des Busses. Was für ein Geschoß. Gut, so etwas paßt nicht zu uns, aber schön anzusehen war es allemal. Auch die Oldtimer-Ausstellung auf der Sonderfläche schauten wir uns mit Begeisterung an. Witzig anzusehen, wie sich Wohnwagen und Wohnmobile von damals bis heute verändert haben. Unsere Füße trugen uns fast keinen Meter mehr. Der Rucksack von meinem Mann war gefüllt mit jeder Menge Infomaterial zum Nachlesen für Zubehör oder Neuerscheinungen, und das Gewicht zwängte ihn fast in die Knie. Zum Schluß der Messe riskierten wir noch einen Blick in einen Wohnwagen, dessen Aufteilung uns sehr zusagte. Eine Rundsitzsofagruppe, Queensbett, eine kleine Küche und ein Badezimmer über die Breite im Heck. Alles in hellem Holz, die Ausstattung war sehr edel gehalten.

Jetzt suchten wir nach dem Ausgang, um in den richtigen

Shuttle-Bus zum Parkplatz einzusteigen. Auf dem Weg zum Busbahnhof wurden wir angehalten, um an einer Umfrage zum Messebesuch teilzunehmen. Also nahmen wir uns fünf Minuten für die Fragen Zeit: Was hat Sie interessiert? Was haben Sie sich angesehen? Waren Sie von etwas überrascht? Haben Sie sich gut zurechtgefunden? Haben Sie die Messe genutzt, um etwas zu kaufen oder einen Vertrag abzuschließen? Bla, bla, bla! Nachdem wir auch das hinter uns gebracht haben, waren wir froh, endlich im Bus zu sitzen, der uns zum Parkplatz brachte, wo unser fahrbares Eigenheim stand. Dort angekommen, zogen wir uns erst einmal bequeme Schuhe an – raus aus den Stiefeln, rein in den Feierabend. Noch schnell einen heißen Kaffee gekocht, und dann setzten wir uns vor das Wohnmobil und begutachteten unsere Zeitschriften- und Prospektausbeute.

Im Minutentakt donnerten Flieger in unterschiedlicher Größe und Lautstärke über uns hinweg und machten das Entspannen zu einer Tortur. Wir mußten die kurzen Pausen zwischen den Maschinen ausnutzen, damit wir überhaupt eine Chance hatten, den anderen zu verstehen. Und dann bellten auch noch die alleingelassenen Hunde der Nachbarn gegenüber um die Wette. Nach eine Weile verzogen wir uns nach drinnen. War das eine nervige Geräuschkulisse! Unsere Nachbarn ließen noch ein wenig Zeit ins Land streichen, bis sie nach Hause kamen und mit ihren Lieblingen Gassi gingen. Wir hörten, wie ein Hundebesitzer den anderen anschrie, seinen Hund festzuhalten. Anschließend ließen sie die Hunde wieder im Wohnmobil allein zurück, um sich in der Altstadt zu vergnügen. Wir versuchten zu schlafen, was aber definitiv nicht möglich war. Denn zu dem ganzen Lärm kam noch hinzu, daß einige Camper versuchten, aus ihren

Stellplätzen auszurangieren, während Neuankömmlinge sich im Einparken versuchen. Da wurde schon mal gehupt oder der ein oder andere störende Ast vom Baum abgefahren. Jetzt war Schluß mit lustig, wie sollten wir hier zur Ruhe kommen? Das ging hier ja schlimmer zu als auf einer Autobahnraststätte! Von dort sind wir ja solchen Lärm gewöhnt, wenn wir mal für ein kleines Nickerchen einen Zwischenstopp einlegten. Aber hier? Wir verstauten unsere Sachen, schlossen die Stauklappen, und ab ging die Post. Raus aus dem Trubel, weg von dem Chaos. Da Duisburg nicht weit entfernt liegt, fuhren wir direkt dorthin. Meine Tante wohnt dort, und wir wollten dort Halt machen, um am nächsten Morgen mit ihr zu frühstücken. So waren wir schon früher da. Nach den dann doch noch ruhig verbrachten restlichen Nachtstunden telefonierte ich mit meiner Tante, um uns zu verabreden.

Eine halbe Stunde später kam sie zu unserem Parkplatz vor einem Supermarkt, wo wir unser Nachtlager aufgeschlagen hatten, und holte uns zum Frühstücken ab. Auch sie bestaunte und bewunderte unser neues Wohlmobil. Sie wünschte uns allzeit gute Fahrt mit unserem Gefährt und vermerkte das auch so in unserem Gästebuch. Nach der guten Stärkung und einem kleinen Pläuschchen am Frühstückstisch ging es also Richtung Heimat.

Kapitel 14

Zu Hause angekommen, luden wir unsere ganzen Klamotten aus und brachten das Wohnmobil zum Unterstellplatz im Dorf. Einen Monat später ging es zu meiner Familie nach Wolfsburg. Allen hatten wir schon einiges erzählt von unserem Wohnmobil, und nun waren auch sie neugierig und wollten es unbedingt live sehen. Sie begutachteten das Mobil von innen und außen und schrieben auch alle ins Gästebuch, wie gut es ihnen gefalle und daß sie sich vorstellen könnten, hier drin eine gute Zeit zu haben. Wie toll es sein mußte, mit dem Wohnmobil unterwegs und einfach so flexibel zu sein, weil man alles an Bord hat. Viele gute Fahrten und erlebnisreiche Touren wurden uns gewünscht. Auch Worte wie „geiles Geschoß" und „tolles Fahrzeug" kamen in den Einträgen vor.

Kapitel 15

Das folgende Wochenende verbrachten wir mit einem ehemaligen Schulfreund meines Mannes und dessen Frau an einem See in der Nähe der Lüneburger Heide, wo sie einen festen Jahresplatz für ihren Wohnwagen hatten. Ein gepflegter, sehr großräumiger Campingplatz ist das, und direkt in der Mitte liegt der See mit einer kleinen Insel.

Einige Bäume umrandeten das Ufer. Schwäne und Enten tummelten sich im Wasser. Auch wir entschieden uns für einen Stellplatz am Wasser. Die Schranke an der Einfahrt öffnete uns den Weg zu den Stellplätzen. Rechts und links vom Weg gab es Dauercampingplätze mit Wohnwagen, darunter auch noch einige freie Stellen. Über die Straße am See entlang, vorbei an den kleinen Blockhäusern auf der Wiese, dem Spielplatz und dem Lagerfeuerplatz kamen wir schließlich zu unserem gebuchten Stellplatz. Schräg gegenüber unserem Platz war ein Kiosk mit Imbiß, und zwanzig Meter weiter war das Waschhaus.

Von unserem Platz hatten wir einen schönen Ausblick auf den See. Leider parkten wir aber unter einer Eiche, die es nicht lassen konnte, einige Eicheln auf unser Dach zu schmeißen und sich dort mit ein paar Dellen zu verewigen. Es war ja nicht der erste Schaden an unserem Fahrzeug, und zum Glück sieht man das Dach auch nicht so häufig. Ärgerlich war es trotzdem.

Abgesehen vom leichten Straßenlärm der Bundesstraße war es ein wirklich idyllisches Plätzchen. Den Abend verbrachten wir auf dem Ganzjahresplatz des ehemaligen Schulfreunds meines Mannes und dessen Frau. Bei Gegrilltem, Salat, Brot und alkoholischen Getränken ließen wir mit Plaudern die

Zeit verstreichen. Die Worte wurden langsam schwerer, und der Redefluß nahm nach und nach ab, bis wir feststellten, daß es doch schon sehr spät geworden war. Es war wohl besser, das Weite zu suchen, sich im Bett zu verkriechen und den Rausch auszuschlafen. So verabschiedeten wir uns nach einem schönen Abend und gingen zu unserem Wohnmobil zurück.

Als wir im Bett lagen, bemerkte mein Mann, daß sich das Bett dreht.

„Oh, ich glaube nicht, daß sich das Bett dreht, sondern eher, daß dein Gehirn Karussell fährt", sagte ich.

„Na dann paß mal auf, daß du nicht zu viele Fahrscheine löst, sonst dreht sich dein Kopf morgen noch."

„ Warte kurz", sagte ich, „für dich trete ich noch mal auf die Pedale, damit sich das Karussell auch noch mal in die andere Richtung dreht. Wenn du zu viele Fahrscheine gelöst hast, hebe dir noch einige für den nächsten Rummelbesuch auf. Bein raushalten, um zu bremsen, gilt übrigens nicht! Die Toilette erreichst du am besten mit einem U-Bahn-Ticket. Du mußt nur umsteigen, und das am besten auf allen vieren."

Das fand mein Mann gar nicht so witzig und versuchte einzuschlafen. Am nächsten Morgen hatten wir nun ein neues Haustier, der Kater war zu Besuch. Ich löste meinem Mann in sprudelndem Wasser eine Tablette auf, womit er versuchte, den Kater aus seinem Kopf zu vertreiben. Im zweiten Anlauf funktionierte es dann, und der Kater war über alle Berge verschwunden. Nun konnten wir frühstücken und den Ausblick auf den See genießen. Auf einmal war ein Rotorengeräusch zu vernehmen, und mein Mann vermutete weitere Nachwirkungen des Katers. Das war aber nicht der Fall. Ein Hubschrauber landete nicht weit von uns auf der Wiese des Spielplatzes, um einen Mann vom Campingplatz ins Krankenhaus zu fliegen. Für die Kinder und teilweise auch für die Eltern war das die Sonntagsattraktion schlechthin. Sie bestaunten den Piloten, der auf seine Rettungskollegen wartete, und begutachteten den Hubschrauber, bevor er seinen Rückflug zum Krankenhaus antrat. Wahrscheinlich hatte der Mann einen Schlaganfall. Für uns war der Hubschrauber genauso wie die Rettung nicht interessant. Ich finde es schrecklich, wenn sich an einem Unfallort neugierige Menschenmassen versammelten. Keiner von euch möchte in dieser Situation stecken, von fremden Menschen angegafft zu werden, wenn es einem sowieso schon schlecht geht. Oder? Deswegen verstehe ich die Rücksichtslosigkeit vieler Menschen nicht, die sich so etwas ansehen. Wenn ich Zeuge eines Unfalls werde, schaue ich nur, ob es Verletzte gibt und ob denen schon geholfen wird. Ist schon Hilfe vor Ort und werde ich nicht gebraucht, so interessiert es mich nicht mehr, was dort geschieht. Es gäbe weniger Staus und Auffahrunfälle auf der Autobahn, wenn einige Menschen nicht so neugierig wären, Blechschaden zu bestaunen, verletzte Personen zu erspähen oder womöglich gar auf Blut und auf Tote zu hoffen. Denkt mal darüber nach! Hinsehen – ja, helfen – ja, aber ihr müßt auch lernen wegzusehen, wenn es angebracht ist. Ihr wollt auch nicht in diese Lage kommen, auf Hilfe anderer angewiesen zu sein.

Nachdem also wieder etwas Stille eingekehrt war, nahmen wir das Frühstück wieder auf, tranken unseren Kaffee aus und gingen uns von unseren Freunden verabschieden. Wir klönten noch kurz, tranken zusammen noch eine weitere Tasse Kaffee und machten uns bereit für den Rückweg. Einen Zwischenhalt für eine kleine Kaffeepause legten wir bei einem Arbeitskollegen meines Mannes ein. Die ganze Familie bestaunte unsere neue Errungenschaft.

Unser Patenkind wollte mit seinen beiden Geschwistern am liebsten gleich mit uns in den Urlaub fahren, so begeistert waren die Kinder. Sie malten sich schon aus, wer wo sitzen sollte und wer im Zelt schläft. Vielleicht würde einmal die Zeit kommen, daß wir sie in den Urlaub mitnehmen. Doch erst einmal ging es für uns nun nach Hause.

Kapitel 16

Den folgenden Samstag ging es schon auf die nächste Tour. Wir wurden auf eine Party nicht weit von uns eingeladen, und es bot sich ja nun an, mit dem Wohnmobil zu fahren. So konnte jeder von uns, wenn er wollte, Alkohol trinken, wir konnten beide ausgelassen feiern und gehen, wann wir wollten, ohne darüber nachdenken zu müssen, wie wir nach Hause kamen. Ohne auf Freunde warten zu müssen, mit denen man sich ein Taxi teilte und die noch nicht nach Hause wollten. Nein, wir konnten sorgenfrei einfach den Abend genießen.

Und das taten wir auch. Wir tranken Bier, amüsierten uns, plauderten mit dem ein oder anderen. Zu späterer Stunde vor größerem Publikum gab es noch einen Bandauftritt zu erleben. In geselliger Runde tranken wir noch das ein oder andere Fläschchen Bier, als wir plötzlich sehr hungrig wurden. Leider gab es nur kleine Knabbereien auf der Party und nichts zu essen, nicht einmal Salat oder belegte Brote. Gemeinerweise hatte es am Tresen anfangs verdächtig nach Mettbrötchen und Zwiebeln gerochen. Und das weckte natürlich unseren Appetit. Angeblich hatten sie beim Aufbauen Mettbrötchen gegessen, und das roch man eben jetzt noch. Aber der Geruch machte uns jetzt auch nicht satt. „Komm, wir schauen mal im Wohnmobil nach, ob ich uns was kochen kann", sagte ich zu meinem Mann. Draußen an der frischen Luft auf dem Weg zum Wohnmobil wurde mir erst bewußt, was der Alkohol mit meinem Kopf angestellt hatte. Ein kleines Männchen versteckte sich unter meiner Schädeldecke und schlug wie bekloppt mit einem winzigen Hämmerchen auf mein Gehirn. In den Schubladen im Wohnmobil holte ich Nudeln und Tomatensoße hervor. Mein Mann drehte den Gashahn auf, und los ging es. In einigen Minuten gab es was zu essen. Leider war es kein Vergnügen, mit dem kleinen Männchen im Kopf die Kontrolle zu behalten, und so landeten die fertiggekochten Nudeln zum Abgießen nicht im Sieb, sondern zum größten Teil in der Spüle. Macht nichts, die war ja sauber, also fischten wir sie aus der Spüle zurück in das Sieb. Auch der Topf mit der Tomatensoße kochte ein wenig über, so daß Soße auf das Kochfeld spritzte. Das Küchenchaos war perfekt.

Wir waren trotzdem froh über unsere nächtliche Mahlzeit und genossen unsere Nudeln mit der übrig gebliebenen Tomatensoße. Das Ausmaß der Sauerei schauten wir uns am nächsten Morgen an. So schlimm war es jetzt auch nicht. Schließlich wurden ja Putzmittel erfunden, um so etwas wieder zu reinigen. Mein Schädel hämmerte immer noch, das Männchen wollte einfach nicht ausziehen. Zum Glück brauchte ich nicht fahren, und so machte ich es mir noch eine Stunde im Bett bequem, während mein Mann mit seinem Kaffee vor der Tür saß und vor sich hin träumte.

Nachdem ich es schließlich auch geschafft hatte, aufzustehen und das kleine Männchen ruhenzulassen, tranken wir noch einen Kaffee zusammen und machten uns auf den Heimweg. Nun stand schon bald die Winterzeit bevor, und wir würden eine Weile erst einmal nicht mit dem Wohnmobil unterwegs sein. Wir haben zwar Allwetter-Campingbereifung auf den Rädern, trotzdem ist es uns zu gefährlich, bei Schnee und Glatteis damit unterwegs zu sein. Wir müssen uns ja nichts beweisen und einen Unfall oder einen Blechschaden herausfordern, geschweige denn andere Verkehrsteilnehmer gefährden. Da fahren wir doch lieber wieder, wenn wir uns auf den Straßen sicher fühlen.

Kapitel 17

So führte uns die erste Fahrt im neuen Jahr in die Waschstraße in der nahegelegenen Stadt fünfzehn Kilometer von uns. Zwar waren die Boxen zum Waschen dort etwas größer als die für die Autos, doch war unser Wohnmobil trotzdem noch zu lang, um es in einem Arbeitsgang abzuspritzen und zu reinigen. Also wuschen wir erst den vorderen Teil des Wohnmobils und parkten es dann um, damit wir den hinteren Teil des Wohnmobils waschen konnten. Mein Mann war sichtlich genervt, da er sich das alles etwas einfacher vorgestellt hat. Auch das Stehen auf der Leiter, die wir extra mitgenommen haben, um überall Wasser hinzubekommen, machte es nicht leichter, mit dem Schlauch zu hantieren. Denn die Stufen wurden natürlich rutschig, und der unliebsame Abgang mit dem Schlauch auf der Leiter war schon vorprogrammiert. Das Geld rasselte nur so durch den Waschautomaten, und bei uns machte sich das Gefühl breit, daß wir das Mobil auch für zwanzig Euro nicht sauber bekämen.

Also reinigten wir nur das nötigste, packten den Eimer und die Leiter wieder ein, ohne Verletzte zu beklagen, und fuhren genervt von der Waschanlage zurück. An einem Dönerimbiß holten wir uns unser Mittagessen, fuhren noch einige Kilometer über die Landstraße und parkten schließlich am Wegesrand einer Nebenstraße. Hier verzehrten wir unser Mittagessen mit dem Gefühl, einfach unterwegs zu sein, und freuten uns schon innerlich auf die nächste Tour mit unserem eigenen Heim auf Rädern. So schwelgten wir noch ein wenig in Erinnerungen und dachten ein wenig über die Zukunft nach, bevor wir nach Hause fuhren und das gewaschene Wohnmobil im Unterstand parkten.

Kapitel 18

Nun stand die erste Übernachtung dieses Jahres an. Der Freund meiner Mutter feierte Geburtstag, und wir ließen es uns nicht nehmen, der Einladung zu folgen, um dabeizusein. In seiner Straße gibt es einen breiten Parkstreifen, wo wir einen Stellplatz zum Übernachten fanden. Auch hier wollten einige der Gäste unser Wohnmobil erkunden. Wir erfüllten ihnen den Wunsch und zeigen doch gerne und mit Begeisterung unser Heim.

Alle waren sichtlich angetan von unserem kleinen Traum auf Rädern, und ein paar überlegten sogar, selbst unter die Camper zu gehen, nachdem sie das gesehen hatten. Wir diskutierten noch den Abend darüber, wie es ist, ein Camper zu sein. Wie schön es ist, einfach durch die Gegend fahren zu können, hier und da mal eine kleine Rast einzulegen oder, so wie heute, einfach die Familie zum Feiern zu besuchen und sich keine Gedanken machen zu müssen, wo man schläft, dem Gastgeber auch keine Umstände zu machen, weil man bei ihm übernachten möchte. Man ist ungebunden und flexibel, und alles ist ohne Zwang und Verpflichtungen, weil man eben alles an Bord hat.

Nach einer guten Nacht und einem gutem Frühstück mit meiner Mutter und ihrem Freund machten wir uns mit gefülltem Bauch auf den Weg nach Hause.

Kapitel 19

Das nächste Event ließ einen Monat auf sich warten. Dann holten wir das Wohnmobil aus dem Unterstand im Dorf, parkten kurz zu Hause vor der Tür, um Wasser aufzufüllen und Klamotten für das Wochenende einzupacken. Über den äußeren Rand des Harzes fuhren wir in die Lausitz. Dort stand ein Autorennen an. Nicht irgendeines, sondern die DTM. Formel 1 kannten wir bisher nur aus dem Fernsehen, aber nun waren wir zum erstenmal live dabei. Wir waren gespannt, was uns erwartete, wie laut es tatsächlich war, wie die Autos in echt aussehen.
Auf dem Parkplatz angekommen, konnten wir schon die ersten Motorengeräusche aus dem Rennstall vernehmen. Man war wahrscheinlich dabei, die Motoren einzustellen, immer wieder war ein Knallen zu hören, das waren wohl Fehlzündungen. Aber der Sound war schon mal gar nicht so schlecht, das Aufheulen der Motoren ließ die Spannung steigen und machte uns neugierig auf den morgigen Tag.
Mit dem Shuttle-Bus ließen wir uns am nächsten Morgen vom Parkplatz zum Haupteingang fahren. Dort zeigten wir unsere Eintrittskarte vor, die gegen zwei Bändchen getauscht wurde. Das eine Bändchen ermöglichte uns den Eintritt in das Fahrerlager, was auch immer das bedeutete, und das andere diente zur Kontrolle der bezahlten Eintrittskarte und deren Gültigkeitsdauer. Vorbei am Gedränge steuerten wir geradeaus auf einen Zaun zu, hinter dem sich die tiefergelegene Rennstrecke verbarg. Hier hatten wir Sicht auf die Start- und Zielgerade. Von hier aus starteten also die flotten Karren, bevor sie auf der Rennstrecke ihre Kreise auf der Piste zogen. Wir schauten uns auf der unteren Tribüne noch etwas um und entschieden uns

dann doch, unsere Plätze auf der überdachten Haupttribüne einzunehmen. Wir saßen direkt gegenüber der Boxengasse und hatten gute Sicht auf die ankommenden Fahrzeuge und auf den ersten Kurvenabschnitt. Gleich ging es los, die Aufstellung war soeben erfolgt, die Einführungsrunde war vorbei, das erste Qualifying stand auf dem Programm. Die Autos liefen sich schon warm, ein Aufheulen der Motoren war zu vernehmen, alle warteten auf den Start.

Die Fahne fiel, die Ampel schaltete auf grün, und schon ging es ab. Alle Rennflitzer sausten in einem Affenzahn an uns vorbei bis zur ersten Schikane, einer starken Linkskurve von etwa neunzig Grad. Dort bremsten sie ab, versuchten, sich am Gegner vorbeizudrängeln, und nahmen anschließend wieder volle Fahrt auf. Nun schauten wir gespannt nach links und warteten, wer wohl als erster an uns vorbeiraste, wer der schnellste dieser Runde war. Da kam er schon angepest. Unsere Köpfe versuchten, die Geschwindigkeit aufzunehmen, und drehten sich schnell nach rechts.

Da kam von links das nächste Rennauto, und wieder wanderten die Köpfe von links nach rechts und verfolgten aufmerksam seinen Weg. Und dann wieder Kopf nach links, denn die Verfolger ließen nicht lange auf sich warten. Im Sekundentakt rasten die Fahrzeuge an uns vorbei. Jedesmal war man versucht, den Kopf von links nach rechts zu drehen, um das Auto zu verfolgen. Die Geräuschkulisse war atemberaubend und auch nur mit Ohrenstöpseln gut zu ertragen. Wir waren beeindruckt von der Atmosphäre hier im Stadion. Auch die Phasen, in denen man geradeaus in das Gelände sah, waren kurzweilig, da sich die Autos auf der ganzen Strecke verteilt hatten. Durch die unterschiedlichen Geschwindigkeiten der Rennwagen kam es auch schon bald zu Überrundungen. Der erstplacierte überholte also den letztplazierten DTM-Wagen. Und bald schon nahm der erste Wagen den Weg in die Boxengasse. Das Team stand dort schon zum Reifenwechsel bereit. Ein Monteur blockierte die Ausfahrt, damit der Fahrer Bescheid wußte, daß die Arbeit noch andauert. Blitzschnell waren die Reifen gewechselt, der Monteur senkte das Schild und trat beiseite, und schon konnte der Fahrer die Boxengasse schnellstmöglich bei einer grünen Ampel verlassen und das Rennen wieder aufnehmen. Ein Reifenwechsel in fünf Sekunden. So was haste noch nicht gesehen! Nun waren die Personen vom Rennteam erst mal arbeitslos – bis zum nächsten Wechsel. Pro Reifen drei Leute. Einer löst den Reifen ab, der nächste zieht den Reifen beiseite, der dritte setzt den neuen Reifen drauf, und der erste zieht mit dem Bolzengerät die Schraube wieder fest. Da fragte ich meinen Mann ganz ernsthaft, warum ein Reifenwechsel bei ihm eine gute halbe Stunde bis Stunde dauert? „Du siehst doch, es geht auch schneller!" Er schmunzelte ein wenig und fing dann zu lachen an.

Es war spannend, das Rennen anzusehen, und wir waren die nächsten Stunden damit beschäftigt, sämtliche Rennen an diesem Tag zu verfolgen. Wir waren gefesselt in unsere Sitze, unsere Augen klebten förmlich an der Strecke, um zu beobachten, was dort passierte, wer wen überholte und wer als erster ins Ziel fuhr. Auch die spektakulären Überholmanöver mit der ein oder anderen Berührung der Wagen waren faszinierend anzusehen. Zum Glück gab es keine großartigen Crashs, niemand wurde verletzt. Blechschäden gab es allerdings einige. Einige Fahrer mußten aufgeben, bevor ihnen der ganze Wagen auseinandergefallen wäre. Ein Wagen hatte fast die Frontschürze auf dem Weg in die Boxengasse verloren. Sie hing quasi nur noch an einem seidenen Faden.

Wir waren gefesselt von den schnellen Autos und dem beeindruckenden Können der Fahrer. Wir schauten uns den Scirocco- und den Porsche-Cup an, verfolgten die Aufstellung und das Rennen selbstgebauter Formel-1-Wagen – wie selbstgebaut sahen sie zumindest aus –, und immer wieder drehten wir unsere Köpfe von links nach rechts und wieder zurück. Ja, es ist wirklich so, wie man das im Fernsehen beim Publikum, das ein Rennen verfolgt, so oft gesehen hat. Am Ende jedes Rennens gab es eine Siegerehrung. Die Autos stellten sich in der Reihenfolge auf, in der sie angekommen waren. Geehrt wurden die Plätze drei bis eins. Nachdem die Fahrer ihren Wagen geparkt hatten, ging es auf die Empore zur Siegerehrung auf das Treppchen. Auch hier wurde nun gratuliert und die legendäre Sektflasche geschüttelt und geöffnet. Der Sekt spritzte nur so in alle Richtungen auf die Fahrer und den Fußboden. Sicher müssen sie nach jeder Siegehrung den Fußboden durchwischen, da sonst die nächsten Sieger kleben bleiben und nicht mehr auf das Treppchen gelangen.

So ging der erste aufregende Tag vorüber. Am Bratwurststand hielten wir kurz an, nahmen eine Bratwurst auf die Faust mit und ließen den Abend am Wohnmobil ausklingen. Am nächsten Morgen, nach dem Frühstück und viel Kaffee, zog es uns wieder auf die Rennstrecke. Wir konnten vom Wohnmobil aus schon beobachten, wie viele Leute bereits auf dem Weg zum Haupteingang waren. Ganze Reisebusse voller Zuschauer kamen an.

Große Menschenmassen drängten sich zum Eingang. Das Aufheulen der Motoren war schon zu vernehmen. Wir machten uns auf den Weg zur Rennstrecke und entschieden uns, heute einmal von ganz oben, am letzten Ende der Tribüne, das Rennen zu beobachten. Von hier aus waren wir ganz nah an der ersten Schikanenkurve.

Das erste Rennen startete, und abermals wanderten unsere Augen von links nach rechts und zurück. Spektakuläre Überholmanöver sowie leichte Touchierungen waren heute zu sehen. Hier in der Kurve war einiges passiert. Autos, die versuchten, einander zu überholen, leicht den Wagen des Vordermannes anrempelten und sich dann drehten, bevor sie weiterfuhren.

Aus den Auspuffrohren konnte man beim Abbremsen Funken fliegen sehen, bevor die Rennautos in die Neunzig -Grad-Kurve fuhren. Auch beim Beschleunigen waren Funkenflug und laute Knalle aus den Auspuffrohren zu sehen und zu hören. Mit unseren Ohrenstöpseln war die Geräuschkulisse auch heute gut zu ertragen. Für ungeschützte Trommelfelle wäre es definitiv zu laut.

Auch heute wurden verschiedene Cups mit verschiedenen Autotypen ausgetragen. Jedes Rennen war eine Klasse für sich. Heute konnten wir einen Boxenstopp von sage und schreibe drei Sekunden miterleben. Das war der echte Wahnsinn, wie schnell das Rennteam arbeitete und wie es in so kurzer Zeit so präzise einen Reifenwechsel schaffte. Ich versuchte, ein Foto zu machen, aber ehe ich den Apparat ausgepackt hatte, war die Sache schon erledigt und die Boxengasse leer. Drei Sekunden, das war dann doch etwas zu schnell, um ein Foto zu schießen. Trotzdem blieb ich hartnäckig: Ich wollte ein Foto vom Reifenwechsel! Also hielt ich meinen Fotoapparat in Lauerstellung, schußbereit für den nächsten Wagen, der in die Boxengasse einfuhr. Was soll ich sagen – so hat es funktioniert. Ich bekam mein Reifenwechsel-Foto.

Da wir die Zugangsberechtigung für das Fahrerlager hatten, gingen wir uns dort zwischen zwei Rennen einmal umsehen. Hier waren verschiedene Zelte aufgebaut, jedes Fahrzeug hatte seine eigene Garage und natürlich ein eigenes Team. Wir konnten fast alle Rennwagen aus der Nähe begutachten. Teilweise waren auch Wagen dabei, die wir vor kurzem noch auf der Rennstrecke gesehen hatten. Wir konnten den ein oder anderen Wagen mit kleinen Schäden erkennen, die gerade erst verursacht worden waren. Die Monteure waren nun dabei, die Wagen zu reparieren und aufzuarbeiten. Gespannt schauten wir zu, wie die Rennautos wieder auf Hochglanz poliert wurden.

Wir schlossen uns einer Schar von Menschen an, als die Pforte zur Boxengasse geöffnet wurde und wir die Chance hatten, diese einmal aus der Nähe zu begutachten. Dafür waren maximal fünfzehn Minuten Zeit, denn kurz darauf startete schon das nächste Rennen, bei dem sich niemand ohne Berechtigung hier aufhalten durfte. Es war ein cooles Gefühl, über die Boxengasse zu gehen, sich umzusehen und zu wissen, da oben auf der Tribüne werden wir gleich wieder sitzen und das nächste Rennen ansehen. So zogen wir mit dem Menschenstrom von der Boxengasse zurück auf unsere Plätze, um das nächste Rennen zu verfolgen. Abermals rasende Motorengeräusche, aufheulende Wagen, waghalsige Überholmanöver. Mit diesen Klängen im Ohr mußten wir uns leider auf den Heimweg machen. Es war ein erlebnisreiches Wochenende hier in der Lausitz.

Die DTM hatte uns gefesselt mit ihren Eindrücken. Ich möchte nur hoffen, das mein Mann nach diesem Wochenende nicht wieder seine Carrera-Bahn aus dem Keller holt, um Formel 1 zu spielen.

Kapitel 20

Zehn Tage später ging es mit dem Wohnmobil schon wieder auf Reisen. Wir waren zum sechzigsten Geburtstag meiner Tante in Duisburg eingeladen. Diesmal allerdings hatten wir noch zwei Begleitpersonen dabei. Meine Mutter und meine Tante machten es sich auf der hinteren Bank gemütlich und genossen die Fahrt.

Nach einer sehr lustigen Fahrt mit Essen, Trinken, Gelächter und Gesang kamen wir am Campingplatz an. Den Platz hatten wir vorher für zwei Nächte reserviert. Wir tranken zusammen einen Kaffee, bevor die beiden sich von meiner Cousine abholen ließen. So konnten wir noch einmal kurz das Lied für meine Tante zusammen proben, wie wir es ja schon auf der Herfahrt getan hatten, und uns köstlich darüber amüsieren, wie dieses Lied wohl ankommen würde. Der Campingplatz allerdings war ein Martyrium. Sehr seltsam strukturiert und gebaut. Am Anfang des Platzes war ein breiter Weg, den eine Schranke von den Stellplätzen trennte. Links vom Eingang war die Rezeption und rechts davon ein kleiner Kiosk. Bis hierhin sah noch alles ganz normal aus. Von dem Hauptweg gingen kleine Gassen ab, auf denen die Stellplätze kaum zu erkennen waren. Überall Blockhütten und Bauten mit Garten, Teich und Springbrunnen. Alles toll gepflegt mit geharkten Steinen in verschiedenen Farben im Vorgarten. Hecken, die exakt und präzise geschnitten wurden, im Mosaik gelegte Steinreihen. War das hier der Campingplatz oder eine Gartenkolonie? Unter den ganzen Büschen und Sträuchern blickte unter den zugebauten Plätzen hin und wieder ein Wohnwagen hervor. Oder zumindest einige Details, die darauf schließen ließen, daß sich darunter ein Wohnwagen verbirgt. Alles etwas seltsam hier. Ein Campingplatz ist für uns dann doch etwas anderes.

Unser Stellplatz war nun also zwischen diesen ganzen Häusern, umgeben von hohen grünen Hecken auf einer Wiese. Wir hatten diesen Platz gewählt, da wir Selbstversorger waren und keinen Stromanschluß benötigen. Wir hatten sonst die Möglichkeit, am Hauptweg einen Stellplatz mit Strom zu wählen, wo sich dicht an dicht die Wohnmobile aufreihten und zehn in einer Reihe stehen. Bei dieser Enge bestand nicht die geringste Chance, die Markise auszufahren. Das war uns dann doch etwas unangenehm.

Den Abwaschraum sowie die Toilettenentsorgung für Chemieklosetts suchten wir auch vergeblich. Das gab es hier nicht, da sämtliche Häuser hier auch Selbstversorger waren, allerdings mit eigenem Anschluß für Wasser, Abwasser und Strom. Eine Toilette und den Duschraum konnten wir aber dann doch noch finden. Wenigstens etwas. Den Abend verbrachten wir bei meinem Cousin, meiner Cousine und deren Partnern in geselliger Runde. Wir hatten uns auch schon länger nicht mehr gesehen, und so gab es einiges zu erzählen. Nach ausgedehntem Frühstück und Mittagsschlaf hieß es nun, sich für den anstehenden Geburtstag meiner Tante zurechtzumachen.

Gut gestylt und mit Geschenk gewappnet machten wir uns auf den Weg zu ihrer Wohnung. Von dort aus ging es zum Lokal, in dem wir feierten. Vorher hatten wir kurz die neu eingerichtete und umgestaltete Wohnung meiner Tante und ihres Lebensgefährten begutachtet. Im Lokal begrüßte sie alle Gäste, indem sie einen „Kuchen backen" wollte und alle anwesenden Gäste in den Kuchenteig inklusive Belag mit einbezog, um sie vorzustellen. Das fand ich eine ganz grandiose Idee. So wußte jeder, wer wer war und wozu er oder sie gehörte, warum er oder sie hier war und in welchem Verhältnis er oder sie zu meiner Tante stand. Nun waren alle über alles aufgeklärt, und somit wurde das Buffet eröffnet und erst mal kräftig gegessen und getrunken. Anschließend gab der Chor mit zwei Liedern sein Bestes und wurde tatkräftig von allen anwesenden Gästen unterstützt. Dann waren wir an der Reihe, wir hatten ja auch ein Lied einstudiert, das wir im Anschluß an unsere Geschenkübergabe darboten. Auch wir wurden zum Glück gesanglich von allen begleitet.

Zum Höhepunkt des Abends gehörte eindeutig die Showeinlage zweier Travestiekünstler, die einen genialen Auftritt mit Gesang und Witzen hinlegten. So ging der sechzigste Geburtstag meiner Tante zu Ende. Es wurde gelacht, getanzt und viel erzählt. Jeder der Gäste ging glücklich nach Hause. Manche freilich nicht ganz allein, die hatten ihr Haustier wohl an der Garderobe abgegeben und den Kater dann für den nächsten Morgen natürlich wieder mit im Gepäck. Wir riefen uns ein Taxi und fuhren in unser Heim zum Campingplatz. Am nächsten Morgen kamen meine Mutter und meine Tante zu uns, um mit uns den Heimweg anzutreten. Begleitet von meiner anderen Tante sprachen wir noch kurz über die gelungene Feier und verabschiedeten uns bis zum nächsten Mal. Nachdem alles verstaut und gesattelt war, und auch auf den hinteren Reihen alles ruhig und angeschnallt, fuhren wir Richtung Heimat. Unser Weg führte uns an einem Campinggroßhändler hier im Ruhrpott vorbei. Dort hatten wir vor einigen Wochen etwas bestellt, was wir heute abholen wollten. Bei der Gelegenheit wollten wir uns natürlich auch im Laden umsehen, ob wir noch das ein oder andere entdeckten, was wir gebrauchen könnten.

Warum wir in diesem Laden so weit weg von zu Hause etwas bestellten, fragt ihr euch? Tja, der Preisunterschied zu den Händlern hier bei uns vor Ort war einfach so groß, daß es sich lohnte, uns hier eine zweite Wechselkassette für die Toilette zu holen. Der Unterschied lag bei fast siebzig Euro. Da wir ja wußten, daß wir in diese Gegend fahren würden, brauchten wir uns das Teil nicht schicken zu lassen, sondern reservierten es uns zur Selbstabholung.

Beim Stöbern in den Gängen erblickten wir ein Service mit dem Dekor, das wir uns schon lange wünschten und wonach wir schon überall gesucht hatten. Zwei eckige Teller hatten wir uns in Frankreich gekauft und uns anschließend geärgert, daß wir nicht noch mehr davon genommen haben, weil es einfach toll aussieht. Weißblau, mit Leuchtturmbild und mit Muscheln besetzt. Nur war dieses Dekor für Teller und Tassen bislang nirgendwo zu finden gewesen. Weder im Internet noch auf Fachmessen sind wir fündig geworden. Nun endlich hatten wir es – zwar runde Teller, keine eckigen, aber das Design stimmte. Zwei Getränkehalter für den Tisch nahmen wir noch mit, die dann auch gleich während der Fahrt genutzt wurden. Eine Kaffeemaschine auf Zwölf-Volt-Basis war leider gerade nicht vorrätig. Wir bestellten diese zur Lieferung nach Hause und bezahlten die Rechnung im voraus. Mit diesen tollen Dingen fuhren wir nun in die Heimat. Mutter und Tante durften zuerst aussteigen, bevor mein Mann und ich unsere Sachen abluden und den Wagen in der Garage parkten.

Kapitel 21

Einen Monat später modifizierten wir unser Wohnmobil. Ich klebte zwei neue Aufkleber auf die Stauklappen und entfernte vorher die Seitenwerbung vom Hersteller. Mein Mann hatte im Innenraum einiges zu tun. Einen Wellenspiegel brachte er neben der Badezimmertür an, die neue Kaffeemaschine fixierte er auf der Arbeitsplatte und verlegte die Kabel. An den beiden Bettseiten schraubte er jeweils einen Taschenhalter an, und der neue Werkzeugkoffer fand im Stauraum seinen Platz. So hatten wir jetzt immer das nötigste Werkzeug an Bord und mußten nicht zu jeder Fahrt eine Kiste packen, um sie anschließend wieder auszuladen. So ging es gut gerüstet am nächsten Wochenende zum Festival Richtung Ruhrpott. Da wir relativ früh ankamen, bekamen wir einen guten Standplatz. Wir freuten uns auf die Konzerte und überhaupt darüber, daß wir mit unserem Wohnmobil unterwegs waren. Leider hatten wir zwei Tage fast nur Dauerregen. Gut, wir sind Camper, aber den ganzen Tag im Regen vor der Bühne stehen, tanzen, klatschen war dann doch nicht so toll. Die kurzen trockenen Phasen genossen wir allerdings sehr. Den Samstagabend ließen wir in gemütlicher Runde auf dem Mittelaltermarkt am Feuerkorb mit ein paar Gläsern Honigwein ausklingen. Am Sonntag abend machten wir uns auf den Rückweg und übernachteten nach einigen Kilometern auf einem Parkplatz. Unsere neu erworbene Kaffeemaschine entpuppte sich leider als kleiner Fehlkauf. Sie brauchte gute vierzig Minuten, ehe das Wasser in die Kanne gelaufen und der Kaffee fertig gebrüht war. Durch die lange Brühzeit war der Kaffee dann nur noch lauwarm. Da hatte mein Mann das gute Stück so

schön eingebaut in unsere Küchenecke, und jetzt das! Ein Trucker, den wir dort kennenlernten, meinte, das hätte er uns vorher sagen können.
Tja, jetzt sind wir auch schlauer und mußten Lehrgeld bezahlen. Nun wird der Kaffee wie zuvor mit heißem Wasser aufgebrüht, das geht deutlich schneller, und der Kaffee ist schön heiß.

Kapitel 22

Nur einen Monat Pause, und schon hieß es ab aufs nächste Festival. Wieder ging es Richtung Ruhrpott. Unser Campingplatz lag direkt am Rhein, und dieses Mal waren wir zum erstenmal mit dem Wohnmobil hier. Mit dem Wohnwagen haben wir es früher hier genossen, abends vom Bett aus übers Bugfenster die Schiffe auf dem Rhein zu beobachten. Welches Schiff wie tief im Wasser liegt und was an Fracht geladen war, soweit man das erkennen konnte. Dies blieb uns beim Wohnmobil leider verborgen. Als wir damals mit dem Wohnwagen auf einem Stellplatz am Ufer standen, mußte mein Mann eines Morgens das Bugfenster ausbauen, da es fast aus der Verankerung gerissen war. Durch den Sturm hatte es sich irgendwie ausgehakt und schloß nicht mehr richtig. Lustig war an der Geschichte, daß zur gleichen Zeit ein Rheinlauf stattfand und alle Marathonläufer bei uns vorbeikamen, als wir das Fenster aus- und einbauten. Wir begrüßten alle Teilnehmer und schauten ihnen hinterher. Die fanden es bestimmt auch lustig, bei offenem Fenster auf den gedeckten Frühstückstisch zu gucken und mit knurrendem Magen und durstig vorbeizulaufen.

Dafür hatten wir diesmal die Fahrräder dabei, drehten auch gleich am ersten Tag eine kleine Runde am Rhein entlang. Abends setzten wir uns auf eine Bank und beobachteten die vorbeifahrenden Schiffe. Nach angenehmer Nachtruhe stylten wir uns für den ersten Festivaltag. Wir trafen noch ein anderes Pärchen und fuhren zusammen mit dem Taxi zum Event. Dort unterhielten wir uns kurz, verabredeten uns für die Rückfahrt, bevor jeder seine Kreise auf dem Festivalgelände zog. Wir schauten uns einige Bands an, schlenderten an den Ständen entlang und chillten ein wenig in der Strandbar am Rheinufer. Wir trafen einige bekannte Gesichter, mit denen wir uns unterhielten oder zusammen etwas tranken. Am nächsten Tag kamen wir nicht ganz in die Pötte und machten uns erst nachmittags auf den Weg zum Festival. Die Bands, die wir sehen wollten, spielten ohnehin erst gegen Abend, also drängte uns nichts. Mit unserer Taxifraktion ging es hin und zurück zum Gelände.

Nach viel guter lauter Musik war das Festival erst mal zu Ende, und angekommen auf dem Campingplatz, trafen wir mit unseren Bekannten bei uns vorm Wohnmobil zusammen, um noch einen Absacker zu nehmen, bevor wir uns verabschiedeten und alle schlafen gingen.

Kapitel 23

Wir hatten nun noch ein paar Tage Urlaub und wollten auf unserem Campingplatz die Seele baumeln lassen. So machten wir uns am nächsten Morgen auf den Weg in die Mecklenburgische Seenplatte.
Die Autobahn war eine einzige Baustelle, Auto an LKW an Auto. Es war so sehr anstrengend zu fahren, sagte mein Mann. Also entschlossen wir uns für einen Mittagsschlaf auf einer Raststätte. Nach einer Tasse Kaffee nahmen wir die Fahrt wieder auf. Da unsere Vorräte zur Neige gingen, entschieden wir uns, auf dem Weg noch einzukaufen, damit wir am nächsten Morgen nicht noch mal mit dem Wohnmobil in die Stadt fahren mußten. Ich schaute im Internet kurz nach und sah, daß eine größere Einkaufskette bis einundzwanzig Uhr geöffnet hatte. Dafür mußten wir nur ein paar Abfahrten vorher von der Autobahn abbiegen.
Mein Mann war etwas skeptisch, was die Öffnungszeiten betraf, fragte mich, ob ich sicher sei, daß der Laden geöffnet hatte. Ja, das war ich. Nach der Abfahrt von der Autobahn mußten wir eine Umleitung nehmen, da umgestürzte Bäume und Erneuerungsarbeiten an der Straße die Fahrbahn blockieren. Die Zeit wurde nun etwas knapper, aber ich machte mir keine Sorgen, daß wir unser Leergut nicht abgeben konnten. Als wir schließlich den Zielort erreichten, standen wir vor verschlossener Tür. „Prima", sagte mein Mann. „Da kannst du dich ja sicher auf das Internet verlassen. Ich hab dir doch gesagt, daß hier im Osten alles anders ist." Ja, nun war der Laden geschlossen, und weit und breit auch kein anderer Laden in Sicht, der geöffnet haben könnte. Jetzt hatten wir noch eine Stunde Zeit, um

zum Campingplatz zurückzukehren, bevor die Schranke geschlossen wurde. Auch der Umleitung mußten wir wieder folgen, da die Hauptstraße leider gesperrt war. Eigentlich war die Entfernung bis zum Stellplatz in einer halben bis dreiviertel Stunde problemlos zu schaffen, aber mit Umleitung? Den schmalen Weg, den wir entlangfuhren, kannten wir auch noch nicht. Somit hatten wir keinen wirklichen Orientierungspunkt, um einzuschätzen, wo wir waren oder wieviel Zeit wir noch benötigen. Am Straßenrand standen dann auch noch ein LKW und ein Trecker, die Sachen umluden und die Straße blockierten. Hinter uns kam ein Auto angesaust, und von vorne auf der Gegenfahrbahn kam noch ein Trecker, der im Schneckentempo an den parkenden Fahrzeugen auf der schmalen Straße vorbeischlich. So mußten wir warten, bis die Gegenfahrbahn frei war zum Überholen. Das Auto hinter uns bremste nicht, sondern blieb in konstanter Geschwindigkeit, was uns zu wundern begann. Denn es hätte nicht viel gefehlt, und es wäre uns auf den Fahrradträger gefahren. Da setze der Fahrer seinen Blinker nach rechts, zog im Affentempo rechts auf dem Acker an uns vorbei, scherte nach den parkenden Fahrzeugen wieder auf die Straße ein, um in der nächsten Kurve links in ein Dorf abzubiegen. Respekt, so geht es natürlich auch.
Der wilde Osten läßt grüßen. Nach dieser Zeitverzögerung war uns klar, daß wir es bis zehn nicht mehr auf den Platz schafften, und wir überlegten, wo wir rasten sollten, um am nächsten Morgen einkaufen zu können. Mein Mann schlug den Parkplatz direkt vorm Einkaufsladen vor, aber dort wollte ich nicht stehen und nannte den Parkplatz am Bärenwald. Da hatte wiederum mein Mann etwas Muffensausen, daß der Parkplatz am Morgen so vollgeparkt war, daß wir

nicht mehr weg kämen, oder daß jemand meckerte, weil wir dort standen. Ich wunderte mich über diese Ansichten meines Mannes, da er sonst nicht so ängstlich ist. Schließlich konnte ich ihn doch davon überzeugen, dort zu nächtigen. Nur machte ich mir nun meine Gedanken, wer wohl lauter schnarchen würde, die Bären oder mein Mann.

Wir parkten in der hinteren Ecke des Platzes. Alles war entspannt und ruhig, eine sternklare Nacht, in der Ferne riefen einige Eulen, und neben uns zirpten Grillen. Für eine Zigarettenlänge genossen wir noch die herrliche Nacht, bis uns beide eine Mücke stach und wir dann doch ins Bett gingen. Nach entspannter Nachtruhe ohne Zwischenfälle oder komische Geräusche ging es nach einem Kaffee vom freien Parkplatz im Bärenwald zum Einkaufsladen. Diese Nacht wird uns in Erinnerung bleiben, und ich wette, jedesmal, wenn wir hier vorbeifahren, wird es heißen: Weißt du noch? Die Nacht am Bärenwald! Das ist doch auch schön, wenn solche kleinen Ereignisse sich so in ein Gedächtnis prägen. Es muß nicht immer etwas Spektakuläres oder Aufregendes sein, meist sind es doch die kleinen Dinge, die man für kein Geld der Welt kaufen kann, die Momente, die einfach nur da sind, die man nicht beschreiben kann und doch nie vergißt. Diese Minuten oder Stunden sind die schönsten Zeiten, die man sich immer wieder abrufen kann, wie einen Film, den man immer und immer wieder anschaut, nur daß man hier selbst die Hauptrolle gespielt hat. So hat ein jeder die Möglichkeit, immer an schöne Dinge zu denken, wenn es einem nicht so gutgeht, einfach den Film abzuspielen, die Hauptrolle einzunehmen und sich wieder gut zu fühlen. Auf dem Campingplatz mit dem Wohnmobil zu stehen und nebenan den Wohnwagen zu benutzen, war irgendwie schon komisch. Da wurde hier mal ein Teller rausgenommen, dort mal eine Tasse, und nach dem Abwaschen fing das große Sortieren an, wo was reingehört. Das war etwas verwirrend. Mein Mann hatte die Staugarage komplett leergeräumt und bastelte ein Regalsystem in die Klappe. Nach einigem Fluchen und mehreren Versuchen, wie es am besten plaziert wird, ist es schließlich fertig geworden, und wir haben schönen Stauraum und Ordnung in der Klappe. Ich habe auch einige Veränderungen vorgenommen, die Front mit zwei Folienschnitten versehen und die restliche Fahrzeugwerbung des Herstellers entfernt und wegpoliert. Nach einigen Tagen merkten wir, daß unser Lebensmittelvorrat dahinschwand. Also mußten wir mit dem Wohnmobil tatsächlich noch mal in den nächstgrößeren Ort fahren, um einzukaufen. Erst einmal alle herumstehenden Dinge und Sachen verstauen, die Markise einkurbeln und die Frontscheiben im Fahrerhaus von der Wärmeisolierung befreien. Wir drehten unsere Sitze um und nahmen die Fahrposition ein, um uns auf den Weg zum Einkaufsladen zu machen. Auf einmal machte sich ein unangenehmer Duft breit. Es roch nach faulen Eiern und fauligem Wasser. Wir starrten einander fragend an, wem von uns wohl gerade so ein unangenehmes Lüftchen entfleucht sei. Doch keiner von uns war für diese bestialischen Gase verantwortlich. Wo nur um Allerherrgottsnamen kam dieser Geruch her? Erst vermuteten wir, daß die Gerüche von draußen kamen, aber bei geöffnetem Fenster war nichts Ungewöhnliches an der frischen Luft zu riechen. Nach einigem Überlegen fiel es uns siedendheiß ein. Der Abwassertank war schon eine Weile nicht geleert worden, und der Wagen stand nun schon einige Tage hier oben in der prallen Sonne, wo die Gase die Zeit genutzt hatten, um sich zu verbreiten und um nun im geschütteltem Zustand an die Luft zu gelangen. Der Tank mußte entleert werden, und das vor unserer Einkaufstour. Denn wir wollten nicht riskieren, daß der ganze Parkplatz nach Verwesung roch und wir schief angeguckt wurden, weil es aus unserem Fahrzeug so unangenehm müffelte. Jetzt waren wir aber schon unterwegs, wo entleerten wir nun also den Tank? Mein Mann entschloß sich kurzerhand, an einem abgelegenem Parkplatz zu halten, um das Abwasser abzulassen.

Ich hatte schon ein bißchen Bammel, erwischt zu werden, schließlich war es nicht erlaubt Wasser abzulassen, auch wenn es ohne Chemie ist. Mein Mann pumpte den Tank leer, ohne entdeckt zu werden, und wir nahmen unsere Fahrt wieder auf und konnten nun beruhigt einkaufen fahren.

Kapitel 24

Die restliche verbleibende Zeit verbrachten wir in unserem gemütlichen Wohnwagen. Wir genossen die Natur und diese Stille. Es war wie immer wieder pure Erholung hier. Diese Umgebung war einfach faszinierend und für uns reine Entspannung. Kein Autolärm, der dröhnte, meistens hatten wir auch keine Musik an, um diese Atmosphäre besser einfangen zu können. Allein der Gesang der Vögel, der Ruf des Milans oder der Schrei des Kuckucks erklang in unseren Ohren. Das Sausen des Windes und das Knacken der Tannenzapfen, das Fallen der bunten Blätter, das Gezwitscher der Finken im Takt der sich biegenden Äste. Die Wolken, die ihre Kreise zogen, in verschiedenen Farben schillerten und sich zu kuriosen Gebilden zusammenschlossen. All das war zu beobachten und zu genießen. Mal wieder seine Seele fallenlassen, sich einfach frei fühlen und sich der totalen Entspannung hingeben. Nirgendwo anders konnten wir uns bis jetzt so erholen wie hier auf unserem Platz.

Unser erstes Jahr mit dem Wohnmobil ist nun fast zu Ende. Wir sind damit gern auf Reisen, auch zu Konzerten, aber unser Campingplatz ist einfach etwas besonderes. Keine dieser Zeiten möchten wir hergeben, eintauschen oder vermissen. Einen Spaziergang hier im Herbst werden wir noch machen. Die Natur noch mal einmal wahrnehmen. Einen prallen Baum mit gelbrot gefärbten Blättern im herbstlichen Wind von einer abgelegenen Bank im Wald aus beobachten. Zusehen, wie sich die Äste im Takt der nur von mir hörbaren Musik bewegen. Die Blätter sich von links nach rechts biegen, als ob eine Glocke, nein, mehrere Glocken am Baume wackeln und erklingen. Ich kann es förmlich spüren und hören, wie sie erklingen, wie der Herbst mir das Gefühl gibt, durchgeschüttelt zu werden, aufzuwachen und das Leben zu genießen. Die Sonne strahlt den Baum an, die Bewegungen, die ich wahrnehme, strahlen auf meine Seele, und ich kann mich entspannen, meine Gedanken neu sortieren, überlegen, was ich als nächstes Schönes tun kann.

Der Herbst ist mein Spiegelbild, ich kann zusehen, wie jeden Tag ein neuer Tag beginnt, jede Nacht auch eine neue Nacht anfängt und endet: schwarz, weiß, bunt, naß, kalt, warm, durchwachsen und erleichternd. So wie mein Leben, euer Leben, in allen Bereichen jedem etwas zu bieten hat.

So sitze ich noch eine Weile und verweile an diesem Platz mit dieser wunderbaren Stimmung, bevor ich aufbreche, mit neuen Ideen und mit neuem Elan, um meinem Leben einen neuen Sinn zu geben. So tut es auch, genießt die Jahreszeiten und die Energie, die von dieser Zeit ausgeht, um Kraft zu sammeln und euer Leben zu strukturieren, damit ihr es euch so schön machen könnt, wie es euch gefällt.

ENDE